Miskien Eendag

Marianne Fourie

Uitgegee deur Malherbe Uitgewers

Outeur: Marianne Fourie
Voorbladontwerp: Malherbe Uitgewers

Geset in Franklin Gothic Book 12pt

Alle regte voorbehou
Kopiereg ©Marianne Fourie
ISBN 978-1-7764623-1-5-
Eerste Uitgawe 2024

Maart 2023

Magriet Lategan skuif haar bril tot op haar voorkop en vryf moeg oor haar oë. Dit was die moeilikste manuskrip waarmee sy nog ooit gewerk het. Die boek wat die skrywer 'n 'Avontuurverhaal vir die hedendaagse tiener' noem, gaan geen aanklank vind by die jeug nie. Hulle word nie verniet die TikTok-generasie genoem nie. As die storie nie hulle aandag in die eerste paar bladsye vasvang nie, gaan hulle definitief nie verder lees nie. Die taalgebruik is ook heeltemal onrealisties en outyds.

Sy lag toe sy haar probeer indink hoe die hoofkarakter in die boek vir sy tienervriend sê: "Allamapstieks, dis mos nou 'n voortreflike plan." Sy hou nie van swak taalgebruik nie, maar die boek moet darem werklik die hedendaagse tieners uitbeeld en dit sluit hulle taalgebruik in. Sy hoop maar die skrywer neem haar aanbevelings ter harte.

Sy steek haar hand uit na haar selfoon. Die ding het vergete al gepiep maar sy wou nie haarself onderbreek om eers te kyk wie vir haar 'n boodskap op Facebook sou stuur nie.

Hallo

Onthou jy nog? Morgenstond so ampertjies 30 jaar gelede? Ek sal jou graag weer wil sien.

Groete (met albei my duime vasgeklem in hoop)
Willem Faure

Sy kyk in ongeloof na die foon in haar hand. Willem? Na al die jare. Hom nog onthou? Sy kon hom nog nooit vergeet nie.

Hoofstuk 1

Januarie 1994

Magriet wuif haar ouers agterna. Sy voel lus om 'n vuis in die lug te gooi en hardop "Yes" te skreeu toe die bakkie om die draai verdwyn. Vir die eerste keer in haar lewe is sy werklik uit die huis. Weliswaar in 'n piepklein woonstelletjie in die skoolkoshuis, maar nie meer in ma se huis nie. Haar aanstelling by Morgenstond Gekombineerde skool sluit gratis verblyf in die dogterskoshuis in.

Die vier jaar op Onderwyskollege tel nie, daar was sy heeltyd omring deur ander studente en in die klas is hulle maar nog soos kinders behandel. Nou kan sy vir die eerste keer net haarself wees, alleen, weg van haar pa wat met sy outokratiese benadering haar lewe tot op hede gereël het.

Selfs die rit hierheen, al is dit skaars 100 km, wou haar pa haar nie alleen laat ry nie. "Ons sal agter jou aan ry en seker maak jy kom veilig by jou bestemming," het hy gesê. "Wanneer jy naweke huis toe kom sal ons jou kom haal."

"Maar hoekom het ek dan die Volksie gekry?" wou sy weet.

"Dis sodat jy in die dorp kan ry om jou goedjies te doen. Dis te gevaarlik op die pad vir 'n jong meisie alleen." Haar pa se woord was wet. Hy sou haar kom haal en terugbring.

Sy stap in die lang koshuisgang af na haar woonstel. Haar voetstappe klink hol in haar ore. Die dogters sal seker eers oormôre begin aankom vir die eerste kwartaal van die nuwe skooltermyn.

In die deur van haar woonstel gaan sy vir 'n oomblik staan. Links van haar is 'n piepklein kombuisie waar sy oor naweke vir haarself kan kos maak. Voor haar, die sitkamer, met sy vervelige koshuismeubels - vier stoele oorgetrek in 'n vaal beige kunsleer en 'n vierkantige tafeltjie in die middel van die vertrek.

Ma het die plek mooi probeer maak – hekellappies pryk op die tafeltjie en oor die rugkante van die stoele. Magriet kon dit nie oor haar hart kry om haar ma te keer nie, om vir haar te sê dat dit darem heeltemal te outyds en nie haar smaak is nie.

Met my eerste salaris maak ek die plek mooi volgens mý smaak, dink sy toe sy haar oë oor die beige gordyne laat gaan. Mooi rustige wynrooi gordyne, veelkleurige kussings en 'n mat, neem sy haarself voor. Vir eers moet dit maar soos Ouma Katie se voorhuis lyk.

Vanuit die sitkamer loop 'n kort gangetjie met twee slaapkamers aan weerskante en die badkamer aan die einde van die gang. Wat 'n vreemde plek om 'n badkamer te bou. Sy sal die deur permanent moet toe hou - die eerste ding wat jy sien as jy in die gangetjie afkom, is die toilet!

Sy het een slaapkamer reggemaak as studeerkamer. Pa het 'n lessenaar van die huis af gebring en ingeskuif langs die boekrak wat reeds daar gestaan het.

Haar slaapkamer vul haar darem met meer entoesiasme as die res van die woonstel. Haar eie beddegoed is oor die driekwartbed gegooi en die helder bypassende gordyne, al is hulle heeltemal te kort, laat die kamer sommer baie meer soos huis voel.

In die slaapkamer druk sy 'n kasset in die kassetspeler voor sy haar tas oopknip en haar klere in die kas begin hang. Sy voel lus om die volume groot oop te draai maar die koshuisvader se woonstel is net langs hare en sy glo nie hulle gaan so baie van *Meatloaf* hou nie.

Sesuur die aand sit sy aan tafel saam met die ander koshuisinwoners - meneer Jacobs, die koshuisvader, twee jongerige mans en miss Woodhouse, wat oor die dogters moet waak.

"Ons hou elke Sondagaand na aandete vergadering," begin meneer Jacobs, "dan bespreek ons die week se gebeure. Juffrou Visagie," hy kyk oor sy bril na Magriet, "jy is baie jonk, maar jy mag vir geen oomblik vergeet dat jy 'n onderwyseres is nie. Jy mag onder geen omstandighede familiêr raak met die leerlinge nie. Hulle moet ten alle tye opsien na jou, en dit sluit jou kleredrag in." Hy kyk half afkeurend na haar denimbroek en hempie. "Ek sal jou kleredrag vanaand verskoon aangesien hier nog geen kinders is nie, maar van Dinsdag af sal jy gepas geklee wees wanneer jy eetsaal toe kom."

Sy glimlag. Duidelik weet meneer Jacobs nie dat sy toestemming het om meer ontspanne geklee te wees nie. Tydens haar onderhoud verlede jaar met die skoolhoof, was dit een van die dinge wat bespreek is. Sy onthou die gesprek met die hoof...

"Juffrou Visagie, Morgenstond is 'n arm gemeenskap en ons het heelwat kinders wat eintlik 'n spesiale skool moet bywoon. Dit is vir die ouers finansieel onmoontlik om hulle vêr van die huis in 'n koshuis te plaas, dus val baie van die leerders uit die skoolsisteem. Ons probeer om die meeste van hulle in die hoofstroom te akkommodeer maar daar is kinders wat eenvoudig geen baat daarby vind nie.

"Ons wil met 'n klassie begin vir hierdie leerlinge, waar ons hulle ten minste kan akkommodeer tot hulle vyftien is, en dan vir hulle werk kry. Die klas sal natuurlik heeltemal buite die kurrikulum val. Daar is geen sin daarin om hulle te onderrig in die akademiese vakke waarin hulle nooit sal presteer nie. Dus 'n baie meer praktiese aanslag, waar hulle basiese vaardighede leer, hoe om met mense te werk ... in kort, hoe om hulle plekkie in die groot wêreld daar buite met waardigheid te kan vind.

"Jy het spesiale onderwys as spesvak geneem. Sien jy kans daarvoor om hierdie proefneming vir ons te loods? Daar is tans 6 kinders tussen die ouderdom van 10 en 14 geïdentifiseer."

Magriet was in die wolke. Dit het haar soos 'n handskoen gepas. Sy sou werk met kinders wat haar werklik nodig het. Die hoof se "Dit impliseer dat jy meer gemaklik sal kan aantrek" was natuurlik die laaste oorreding wat sy nodig gehad het.

Maandagoggend in die personeelkamer vind Magriet uit hoeveel snobisme daar werklik in 'n skool is.

"Is jy die juffrou wat ons 'spesjiltjies' moet vat?"

"Shame man."

"Dis darem nou nie hoe ek my loopbaan sou wou begin nie."

"Sterkte! Jy gaan hare op jou tande moet hê."

Die meerderwaardige stemtoon waarmee van die personeel haar aanspreek, laat haar rooi sien. Hulle praat met haar asof sy self een van die 'spesjiltjies' is.

"Ek is opgelei om met kinders met leerprobleme te werk," antwoord sy die hoeveelste persoon wat teen hulle neuse neerkyk op haar. "Hierdie kinders verdien 'n opvoeding net soveel as die onderskeidingskandidate waarvoor julle skoolhou. Miskien verdien hulle dit selfs meer!"

Magriet staan voor haar klaskamer se venster en uitkyk na die spelende kinders op die veld. Sy is nie lus om personeelkamer toe te gaan nie. Vir die afgelope maand moes sy die neerhalende aanmerkings van haar kollegas aanhoor. Die opmerking vanoggend was die laaste strooi.

"Koos se dissipline word regtig 'n probleem. Ek dink dit is tyd dat ons hom ook skuif na die *specials* toe. Juffrou Visagie is mos 'opgelei' om met die gevalle te werk."

Magriet kon die sarkastiese aanhalingstekens rondom die woord 'opgelei' hoor. Sy het gevoel hoe sy warm onder die kraag raak en hoe al haar ouers se lessies oor respek vir ouer mense by die venster uitvlieg.

"Mevrou Potgieter, die kinders in my klas het leergestremdhede, iets wat jy duidelik nie opgewasse is om te hanteer nie. Geeneen van my kinders het gedragsprobleme nie want in my klas ontvang hulle liefde en aandag. Miskien moet jy dit probeer."

Met haar skouers netjies agteroor het sy haar koppie tee gevat en by die deur uitgestap. Agter haar het sy 'n geskokte snak na asem gehoor. Sy was by omgee verby. Die snedigheid waarmee daar na haar en haar klassie verwys word, is regtig nie meer snaaks nie.

"Juffrou."

'n Stem agter haar laat haar omdraai.

"Ja, Soois."

"Juffrou, my ma stuur die briefie."

Die heel eerste dag, toe sy die register doen, het Francois haar mooi laat verstaan: "My naam is nie Franswa nie, Juffrou. Dis Fransoois maar almal sê sommer net Soois."

Sy rooi hare en sproetgesig kan nie misgekyk word nie en sy groen oë skitter permanent. Niks kan die mannetjie onderkry nie en sy lewensblyheid is aansteeklik. Hy is een van twee kinders in haar klas wat teen die einde van die jaar teruggeplaas kan word in die hoofstroom, alhoewel hulle standerd 6 sal moet herhaal. Met die regte benadering en aandag van sy onderwysers sal Soois standerd 8 kan slaag en sy droom om eendag trekkerenjins reg te maak, verwesenlik.

Ten spyte van sy ouderdom is Soois nog maar 'n klein seuntjie. Voor hy kan teruggaan "regte" skool toe, sal sy iets aan sy emosionele ouderdom ook moet doen.

Sy vou die briefie oop.

Beste Juffrou
Soois kan nie uitgepraat raak oor sy wonderlike juffrou nie. Hy begin die laaste maand omtrent elke sin met 'Juffrou Griet sê...'
Ons wil graag iets doen om jou te bedank vir wat jy doen vir ons kinders. Jy laat hulle oë weer lewe.
Sal jy asseblief Sondag by ons kom eet? Ons sal jou by die koshuis kom haal en later weer terugbesorg. Stuur sommer jou antwoord saam met Soois.
Ons sal verstaan as jy dalk reeds iets anders aan het.
Groete
Wilhelm en Jacoba Faure

Onderwysers word afgeraai om sosiaal met ouers om te gaan, weet Magriet. Dit kan blykbaar lei tot jaloesie onder die kinders en kinders kan maklik begin voel hulle is die onderwyser se witbroodjie. Maar haar kinders is anders. Dit kan tot hulle voordeel wees om die ouers beter te leer ken, en die Soois mannetjie het lankal onder haar vel ingekruip.

Hoofstuk 2

'n Regte plaasbakkie kom met 'n gebrul voor die koshuis tot stilstand, Soois al waaiend agterop.

"Juffrou Griet! Ons is hier!" Voor die bakkie behoorlik tot stilstand kom, spring die mannetjie af en hardloop na haar waar sy op 'n bankie voor die koshuis wag. Hy gryp haar handsak en begin summier aanstap terug na die bakkie toe. 'n Jong man met rooiblonde hare, duidelik Soois se broer, klim uit.

"Dis my boetie, Juffrou. Ma het gesê hy moet ry om juffrou te kom haal want sy kan nie die kos nou los nie."

"Goeiemôre, Juffrou. Willem Faure, Soois se ouboet. Ons kan maar ry as jy reg is. 'Skies, ek moet net eers vir jou die deur oopmaak – van binne af. Ou Krok is vol nukke. Natuurlik, toe ek vanoggend wil ry, wil my tjor niks weet nie, toe moet ek maar Ou Krok vat."

Hy leun oor die sitplek en maak die passasierskant se deur oop. "Ek het darem bietjie afgestof..." Hy lag half selfbewus. "Jammer ek klets so, dis die eerste keer dat ek 'n juffrou moet oplaai iewers heen."

Die Faure's se plaas lê aan die buitewyke van die dorp. Dis 'n tipiese ou plaasopstal waar hulle tot stilstand kom – 'n groot kliphuis met 'n stoep wat om drie kante van die huis strek.

'n Brakkie kom kef-kef aangehardloop toe die bakkie tot stilstand kom.

"Soois, vang vir Buksie voor hy opspring teen Juffrou."

"Nee man, ek is mal oor honde." Magriet sak op haar hurke neer en vryf oor die hondjie wat haar, entoesiasties, deur die gesig lek. "Hallo, jou mooi ding." Sy kyk op na Willem. "Watse soort hond is hy?"

"Sies! Kan jy nie sien nie? Hy is 'n Biki. Ons is juis nou besig om die nuwe ras te registreer," antwoord hy met 'n glimlag.

"'n Wat?"

"'n Biki. Bietjie worshond, bietjie terrier, bietjie straatbrak."

Magriet kom laggend orent. Dit is duidelik waar Soois sy humorsin vandaan kry.

"Kom, my ma wonder seker waar ons so draai. Stap voor, ons gaan sommer by die kombuisdeur in as jy nie omgee nie." Willem beduie dat sy voor hom moet uitstap.

'n Langerige rooikop vrou draai om van waar sy by die stoof staan toe sy die deur hoor oopgaan, en vee dan haar hande aan haar voorskoot af.

"Mensig, ek het julle nie hoor aankom nie en Ou Krok dreun dan so dit klink soos die oordeelsdag. Dit is duidelik tyd dat ek my ore laat toets. Hier vang jy my nou in my voorskoot met ongekamde hare. Sorry, Soois," roep sy oor haar skouer. "Die kind het my die dood voor die oë gesweer as ek nie 'n goeie indruk maak op sy juffrou Griet nie. Welkom hier, Juffrou. Noem my sommer tannie Koba." Sy steek haar hand uit na Magriet.

Magriet glimlag terwyl sy die tannie se hand skud.

"Ek is Magriet, Tannie. Dankie vir die uitnodiging."

"Ja, ek glo daai koshuis kan maar stil en eensaam raak so op 'n Sondag. Willem, gaan roep jou pa. Hy is weer doenig daar in sy groentetuin. Kan mos nie vir 'n oomblik stilsit nie. Sit Magriet. Ek moet net gou hierdie patats roer voor dit aanbrand. Of wil jy eerder in die sitkamer gaan sit?"

Magriet sak op 'n kombuisstoel neer.

"Nee dankie, Tannie. Ek het op 'n plaas grootgeword en die kombuis is mos maar die hart van die huis."

Willem kom met sy pa by die deur in. Die oom is seker 'n kop korter as die tannie. Sy swart hare is deurspek met grys.

"Middag, Juffrou. Welkom hier by ons." Hy gee vir Koba so 'n klappie op die boud toe hy by haar verbystap. "Dit het niks met stil sit uit te waai nie, Vrou. Dis alles ter wille van oorlewing." Hy draai na Magriet. "As ek in die huis is, gebeur een van drie dinge: ek word in die werk gesteek, my ore word van my kop af gepraat of ek moet hoor ek's onder die tannie se voete. Nou vlug ek liewers." Hy koes toe daar met 'n vadoek in sy rigting geslaan word.

"Jou ore word rooi geboks, Wilhelm. Magriet, dis nou Soois se pappie, Wilhelm. Groet jy nie ordentlik nie, ou man? Moet ek nou vir my skaam vir jou maniere?"

"My hande is vol grond. Laat ek hulle net gou gaan was dan groet ek ordentlik. Soois," roep hy oor sy skouer, "kom was jou hande, Ma wil opskep."

"Wimp, gaan dek jy asseblief vir ons die tafel in die voorhuis terwyl jou pa hande was." Koba beduie met die lepel waarmee sy besig is om die patats te roer.

"Aitsa. Daar word behoorlik uitgehang. Ons eet gewoonlik sommer hier in die kombuis." Willem lag vir sy ma wat vir hom skewemond trek.

"Moenie vir my sulke moeite doen nie! Dis so 'n lekker kombuis, ek eet met die grootste liefde net hier." Magriet glimlag vir Koba wat haar met 'n skewe kop staan en aankyk.

"Nee, maar ek hou sommer van jou." Koba beduie weer met die lepel. "Ek was nogal bang jy is een van daai stads meddempies maar ek sien jy gaan goed inpas by Morgenstond. Lekker plat op die grond. G'n wonder Soois hou van jou nie."

"Wilhelm!" roep sy. "Kom nou. Die boontjies trek al water en die vleis raak droog. Ek skep op!"

Willem het intussen die breekgoed uit die kas gehaal en Magriet help om die tafel te dek.

"Sit jy hier, Magriet. So langs die oom. Willem, jy sit daar langs haar en Soois hier langs my."

"Ek wil langs Juffrou sit," protesteer Soois. "Ek sit altyd aan daai kant van die tafel."

"Sooisie, moet nou nie laat ek my skaam vir jou nie. Sit hier waar ek jou kan knyp as jy nie mooi eet nie," raas Koba, gemaak ernstig.

"Ogies toe," praat Wilhelm toe almal sit en steek sy hande uit.

Verleë neem Magriet die oom se hand en voel hoe Willem se hand warm om hare sluit.

"Ons skep sommer so uit die kastrolle," sê Koba toe die oom amen sê. "Ek sien sommer Magriet is nie iemand vir allerhande opstêrs goed nie."

Dit word 'n heerlike uitgerekte middagete. Gewone boerekos met liefde voorberei. Magriet luister met 'n glimlag na die geskerts van die familie. Dis duidelik dat hierdie 'n familie is wat ontspanne bymekaar is, so anders as haar ouerhuis. Hulle terg en korswel onder mekaar en Magriet voel hoe sy ingetrek word in die kring van liefde wat om hulle heers.

"Ek dink ons los die poeding vir later," merk Koba later op.

"Kan ek dan asseblief vir juffrou die babahondjies gaan wys?" Soois gryp Magriet aan die hand en trek haar saam met hom deur die huis tot op die stoep.

Teen vier-uur roep Magriet halt. "Baie dankie vir alles, maar ek moet nou regtig huis toe. Môre gaan 'n lang dag wees. My klassie gaan koekies bak."

"Ek gaan nie saam bak nie," kla Soois. "Ek moet saam met die ander standerd sesse na hulle klasse toe gaan. Dis mos nie fair nie."

"Ek het mos mooi verduidelik, Soois. Jy gaan een dag in elke week saam met die standerd sesse skool." Magriet vryf die rooikop deurmekaar. "Maar ek belowe ons sal vir jou koekies bêre ... as dit eetbaar is," lag sy.

"Dit klink vir my na pret," laat Koba hoor.

"Ek hoop so. Al ons lesse die laaste drie weke draai om die idee. Ons Bybelles is byvoorbeeld oor die Pottebakker en die klei, dat Jesus ons vorm soos wat hulle die deeg gaan vorm in koekies.

"Dit het nogal dinkwerk gekos, hoor. Ons het meervoude en verkleinwoordjies gemaak, alles oor koekies en bekers en lepels ... alles wat met koekbak te doen het. Dit in Engels herhaal... Die moeilikste deel is die Wiskunde. As die resep sê 500 gram meel maar jy wil dit verdubbel, hoeveel meel moet ons nou gebruik? Ek probeer maar als praktiese voorbeelde gebruik om basiese begrippe mee te verduidelik."

"En werk dit?" vra Wilhelm.

"Ek weet nie," lag Magriet. "Sal môre sien. Dalk verdubbel hulle die meel maar nie die eiers nie en dan het ons balle wat die krieket meneer in sy volgende oefening kan gebruik."

"Ek's net bly ek hoef nie agter daai klomp skoon te maak nie!" Koba slaan haar hand oor haar oë. "Ek dink daar gaan meel teen die plafon wees."

Al laggende beweeg hulle na ou Krok wat nog onder die boom voor die kombuis geparkeer staan.

Magriet slaan haar arms spontaan om Koba se lyf.

"Baie dankie vir die dag. Dit was regtig heerlik om saam met julle te kuier. En dankie vir die bakkie poeding. Ek gaan dit definitief later vanaand eet." Sy beduie met die Tupperware bakkie in haar hand.

Koba gee haar 'n stywe druk. "Jy weet nou waar ons bly, nè. Die deur staan altyd oop. Val in net wanneer jy wil. Nee,

15

Soois," keer sy toe Soois agter op die bakkie klim. "Jy gaan nie saam nie. Jy moet die hanslammers gaan melk gee."

"Maar, Mamma, ons doen dit eers later. Ons sal terug wees voor hulle moet gevoer word."

"Soois Faure! Ek praat nie weer nie. Klim af daar. Jy gaan nie saam ry nie.!"

Toe die bakkie by die plaashek uitsnor, merk Willem laggend op: "Dink jy dalk my ma probeer *matchmaker* speel? Eers moet arme Soois sy stoel aan tafel prysgee sodat ek langs jou moet sit, en nou moet die mannetjie kwansuis die lammers gaan kosgee."

Magriet lag maar saam. "Ek hou baie van jou familie. Julle is so ... gemaklik met mekaar."

"Moenie dat Koba Faure jou om die bos lei nie, hoor. Sy kan verwoed raak as sy kwaad is. Ons drie seuns het baie deurgeloop onder haar plathand en sy is dodelik akkuraat met 'n nat vadoek. Nou is ek gelukkig te groot en vinnig. Sy kan my nie meer vang nie." Sy oë lag in hare toe hy vir 'n oomblik na haar kyk.

"Drie seuns?" Magriet kyk vraend na hom. "Het julle dan nog 'n boetie?"

Daar is 'n hartseer trek om Willem se mond toe hy antwoord. "Ja, Lourens. Hy is tussen my en Soois. Lourens is in 'n tehuis naby Brits. Hy is verstandelik gestremd. My ma het lank vasgeskop en gesê sy sal self na haar kind kyk, maar soos wat hy ouer geword het, het dit moeiliker en moeiliker geword. Hulle moes maar die waarheid in die oë kyk en hom in die, soos my ma sê, koshuis laat sit."

"Wil jy inkom vir koffie," vra Magriet toe hulle voor die koshuis stilhou. "Ek wil graag met jou gesels oor Soois. Ek wil eers hoor wat jy sê voor ek met jou ouers daaroor praat."

Sy lei hom met 'n klein paadjie na die sykant van die koshuisgebou. "Kan jy glo, ek gebruik vir 'n hele maand die hoofdeur van die koshuis, al met die gang af na my woonstel toe. Toe ek laasweek my eie gordyne koop en hang, vind ek sowaar 'n sydeur weggesteek agter die ou koshuisgordyne. Dis darem aansienlik privater nou!"

Die sitkamer sien heelwat anders daar uit as toe Magriet ingetrek het. Die wynrooi gordyne en kussings op die stoele, net soos sy haarself voorgeneem het op daardie eerste dag 'n maand gelede, laat die vertrek sommer baie huisliker lyk. Ma se hekellappies het 'n plek in haar kas gekry.

"Jy wil oor Soois praat?" sê Willem toe hulle albei met 'n koppie koffie sit.

"Ja... Soois hoort nie in my klassie nie. Hy is myle verder gevorder as die res van die klas. Sy Wiskunde is heeltemal op standaard. Alhoewel, sy taalvermoë ... hoe sal ek dit nou mooi sê..."

"Hy spel soos sy gat," lag Willem.

"Netso." Magriet lag maar saam. "Maar dis dinge wat reggestel kan word. Sy grootste *drawback* is sy emosionele volwassenheid. Hy is dalk al 13 maar hy tree nog op soos 'n klein seuntjie. Ek dink dit is een van die redes hoekom sy laerskoolonderwysers hom as 'gestrem' beskou het.

"Ek wil aanbeveel dat hy teruggeplaas word in die hoofstroom en standerd ses die res van die jaar doen. Dan hom terughou aan die einde van die jaar sodat hy die standerd herhaal. Intussen doen ek met hom terapie, werk aan sy spelling en emosionele groei. Hoe dink jy gaan jou ouers daaroor voel?"

Willem sit lank stil met sy koffiekoppie tussen sy hande.

"Soois is nie stupid nie en ek dink my ouers besef dit. Dis net ... hy is 'n laatlammetjie en het grootgeword met Lourens in die huis. Al Ma se aandag is aan Lourens gegee en Soois het baba gebly.

"Dit was makliker vir my. Ek is die ouboet en het half my eie gang gegaan. Maar Sooisie moes baba bly om aandag by Ma te kon kry. Noudat Lou nie meer in die huis is nie kry Soois uiteindelik die aandag wat hy verdien."

Hy sug.

"As ek baie eerlik moet wees, ek dink die laerskool-juffrouens het nie vreeslik moeite gedoen om Soois "groot" te maak nie. Mens kan hulle seker nie kwalik neem nie, hy was maar een van 'n klomp kinders en hulle kon seker nie een uitsonder nie.

"Ek dink jy moet dit met my ouers bespreek. Ek glo hulle sal nogal bly wees daaroor. Een 'spesiale' kind is genoeg. As Soois op sy eie bene kan staan gaan dit hulle lewe baie makliker maak."

Hy sit sy koffiekoppie neer. "Wag, ek moet huis toe sodat jy jou koekiebak kan klaar beplan. Dankie vir die koffie en die omgee vir my kleinboet." Halfpad deur toe draai hy terug na haar.

"Jy is nie dalk lus vir fliek volgende naweek nie? Daar is 'n inryteater, of soos die Morgenstronters sê - 'n draaiwien - in Ermelo..."

Magriet se, "Ja dankie", kom amper dadelik. "Dit sal lekker wees," voeg sy by, half verleë oor haar vinnige antwoord.

"Reg so. Ek en my pa ry vroeg môreoggend Vaaldam toe, ons is besig om 'n paleis van 'n huis daar te bou vir een of ander ryk oom, maar ons kom Vrydagmiddag weer terug. Ek kry jou so 5 uur? Ek sal met my kar ry, nie met ou Krok nie," lag hy.

Hoofstuk 3

Magriet sak die volgende middag op haar bed neer, tot die dood toe moeg, maar só gelukkig. Sy glimlag toe sy aan die oggend dink. Haar klassie het by die skool opgedaag, uitgevat in hulle oudste klere, elkeen met 'n voorskoot. Aan hulle opgewondenheid was daar geen keer nie. Die oggend se Bybelles het plek gemaak vir sing. Dit was onmoontlik om hulle sovêr te kry om stil te sit.

Vroeg-vroeg is hulle na die skool se huishoudkunde-sentrum waar al die bestanddele vir hulle koekies reeds uitgepak is. Daar is afgemeet en gemeng tot 'n wit meelwolk oor als gehang het. In plaas van 'n bordjie koekies vir elk is daar 'n berg koekies gebak – die resultaat van Marietjie wat bakpoeier met 'n eetlepel in plaas van 'n teelepel afgemeet het. Magriet moes maar al die bestanddele aanpas om by die hoop bakpoeier te pas.

Terwyl die koekies in die oond was, het Marietjie met haar soet stemmetjie begin sing en die ander stemmetjies, party vals, het saam ingeval tot 'n koor van stemme opgestyg het oor die huishoudkundesentrum.:.

Doen slegs U wil, Heer, U wil met my

Tweede pouse is haar spannetjie met 'n paar borde koekies personeelkamer toe. Elkeen van die vyf is 'n beurt gegee om iets te sê. Dawie, haar engelkindjie wat nooit sy mond oopmaak nie, het met sy oë styf toegeknyp voor die personeel gaan staan: "Ons het eers ons hande geskrop om die kieme dood te maak." Magriet se hart wou bars van trots. Niemand hoef te weet dat sy vir 'n week lank met hom aan hierdie enkele sin geoefen het nie.

Sy het trots geluister hoe elkeen van haar kindertjies elke stap in die proses voorgedra het en saam gelag toe Marietjie ewe kordaat uitblaker: "Ek het te veel meelpoeier ingegooi toe moet juffrou Griet kom red."

Selfs Maggie Potgieter wat vroeër so neerhalend oor haar klassie gepraat het, het 'n handvol koekies geneem en elke kind se hand plegtig kom skud.

Magriet lê terug teen die kussings en maak haar oë toe. Dis mos hoe trots voel, dink sy. Geen matriekuitslae kan dié gevoel klop nie.

Vir die eerste keer laat sy haarself toe om te dink aan die vorige dag. Sy kon nog nooit sommer net wéés nie. Sy is haar lewe lank teruggetrokke en selfbewus, ietwat van 'n introvert. Die manier waarop haar pa haar beskerm en beheer het, het heelwat daarmee te make. Maar gister was sy van die eerste oomblik af op haar gemak.

Dis duidelik dat die Faure's dit nie breed het nie. Die meubels in die huis is eenvoudig maar 'n gevoel van huislikheid en liefde spreek uit elke hoekie van die huis.

Dis so anders as haar ouerhuis. Ma het net verlede jaar 'n nuwe duur leersitkamerstel gekoop. Die oue, skaars drie jaar oud, was glo afgeleef.

Ma het drie bediendes in die huis: een om te kook, een om te was en stryk en een om skoon te maak. By haar huis word daar nooit in die kombuis geëet nie. Magriet giggel. Ma kry 'n oorval as daar uit die kastrolle opgeskep moet word, dink sy. Haar gekuier in die kombuis by die swart kok is alreeds vir haar ma 'n reuse probleem

Haar ma se naels word een maal 'n maand professioneel versorg, haar hare weekliks gedoen. Tannie Koba, daarenteen, se naels is kort geknip, haar hande grof gewerk. Haar hare, het sy laggend verduidelik, word sommer deur oom Wilhelm gesny wanneer nodig.

Tannie Koba se drukkie was bedoel, met die lyf en hart gegee. So anders as haar ma se stywe lyf en piksoentjie. Magriet wonder dikwels hoe dit sou wees as sy nie die enigste kind was nie, of haar ma sou ontdooi het as daar dalk nog iemand was om te versorg.

Dis hoe haar huis eendag moet wees – vol lag en liefde soos die Faure's se huis.

Die week snel verby en voor Magriet haar oë kan uitvee is dit Vrydagmiddag. Dit was 'n dol week. Na die koekiebak Maandag het sy al haar dae gehad om die kinders weer in 'n roetine te kry. Op die onmoontlikste tye het Marietjie se stemmetjie opgeklink ...*Doen slegs U wil Heer* ... tot Magriet gevoel het om saam te sing: *Doen slegs U wil Heer, maak haar net stil...*

Nou is dit Vrydag en die afspraak, wat sy halsoorkop gemaak het, lê voor. Sy het nog nooit sommer so ingestem vir 'n afspraak met iemand wat sy eintlik glad nie ken nie. Eintlik het sy nog nooit alleen saam met 'n man uitgegaan nie. Op kollege was hulle maar altyd 'n groep wat saam gaan fliek of kuier het. Sy giggel half senuweeagtig. Haar pa kry 'n oorval as hy weet sy gaan na 'n inryteater toe. Volgens hom is dit net *common* mense wat so na 'n film gaan kyk.

Sy het op pad terug na haar woonstel toe van die skool af deur die kombuis gestap en haar aandete vir die aand gekanselleer. Willem het laat weet dat hulle 'die lekkerste kerrie-en-rys in die wêreld' by die inryteater gaan eet. Sy glimlag. Sy het so lief geraak vir die koshuistannies in die tyd dat sy hier bly. Vandag is tannie Maggie aan diens en Magriet het haar al singende agter die kospotte aangetref - "Why worry if you can pray". Miskien moet sy tannie Maggie se liedjie self sing net om haar senuwees te kalmeer.

Sy staan lank voor haar klerekas en wonder wat sy sal aantrek voor sy op haar bed neerval. Denimbroek en hempie! Informeel en ontspanne, besluit sy.

Sy skrik vervaard wakker toe die aandete-klok deur die koshuis beier. Sy het sowaar aan die slaap geraak. Willem gaan oor minder as 'n halfuur hier wees. Sy vlieg op en hardloop badkamer toe. Daar is nie nou tyd vir die lekker lang borrelbad en hare was wat sy beplan het nie. Daar is skaars 'n sentimeter water in die bad voor sy inklim en vinnig was. Haar hare vang sy sommer in 'n poniestert hoog op haar kop.

Ou Krok kom in 'n stofwolk voor die huis tot stilstand. Willem vlieg by die deur uit en gryp sy kleresak van die bak af.

"Ma," roep hy, "vra vir Soois om my motor uit die motorhuis te trek asseblief. Ek is laat." Die volgende oomblik sjor die water in die bad. Koba skud maar net haar kop en roep vir Soois om sy broer se opdrag uit te voer.

Skaars 10 minute later kom Willem die kombuis binne.

"Skies ek het nie gegroet nie. Hallo, Ma. Liewe aarde, ek het gedink ek gaan dit nie maak nie. Daar was 'n ongeluk langs die pad en die verkeer was vir wie weet hoe vêr opgedam. Ek het vir Pa gesê ons moet vroeër ry!"

"Ontspan, Seun. Jy is betyds. Is dit jou pa se Old Spice wat jy so mildelik aangewend het?"

"Uhm ... ja. Sorry, Pa, maar my naskeermiddel is klaar. Sal anderdag weer vir pa nuwes koop."

Koba klop op die tafel voor haar. "Kom sit, Wimp, dat ons twee eers ernstig kan gesels."

"Ek moet ry, Ma. Ek wil nie laat wees nie."

"Jy het meer as genoeg tyd. Sit!"

Willem neem gedweë oorkant sy ma plaas.

"Jy gedra vir jou, nè. Magriet is nie een van daai leëkoppies wat jy gewoonlik date nie. Ek wil my nie vir jou skaam nie. Jy behandel vir haar met respek!"

"Jislaaik, Ma! Wat dink ma van my? Natuurlik sal ek haar met respek behandel. Sy is spesiaal en ek is nie van plan om dit op te mors nie. Daai meisie is my trouvrou!"

"Nee maar dan is dit reg." Koba glimlag teer vir haar oudste en steek haar hand oor die tafel uit. "Hier is vir jou ietsie om haar mee te bederf. Ek het so bietjie van ons groceries geld afgeknyp. Koop vir haar sjokolade. En jou pa hoef nie te weet nie hoor. Toe weg is jy."

Willem staan op, stap om die tafel en plant 'n skewe soen teen sy ma se voorkop voor hy met 'n wuif by die deur uitdraf om in die kar, wat Soois netjies voor die deur parkeer het, te klim.

Dis aanvanklik stil in die motor terwyl hulle na die buurdorp ry. Magriet sit met haar hande inmekaargevleg op haar skoot. Sy weet uit ondervinding dat sy haar naelvelletjies krap wanneer sy senuweeagtig raak, daarom hou sy haar hande styf in mekaar vas.

Willem lag saggies. "Sondag kon ons nie ophou gesels nie en nou is ons half vreemd vir mekaar. Ons moes maar vir Soois saamgebring het."

"Nee aarde," Magriet giggel half verleë. "Ek hoor sy stem meer as genoeg in die klas, dankie. Sjoe, party dae praat hy my ore van my kop af." Sy draai haar kop na Willem. "Dis eintlik so mooi om te sien hoe hy uit sy dop gekruip het vandat hy nou een dag per week saam met die ander standerd sesse skoolgaan. Hulle het hom so mooi in hulle groepie ingetrek. Van daai seuntjie wat gedink het hy is dom, is daar niks oor nie."

"Alles danksy sy juffrou Griet." Willem kyk vinnig in haar rigting voor sy oë weer teruggaan na die pad voor hom. "Ek hoor julle koekiesbak was toe 'n groot sukses."

"Met die klem op groot, ja. Ek het lanklaas so 'n berg koekies gesien. Maar ek hoop nie ons gaan heel aand oor my en die koekies gesels nie." Magriet voel hoe sy in die donker bloos oor haar voorbarigheid toe sy vra: "Vertel my van die plek wat julle besig is om te bou."

"Ons is amper klaar hoor. Nog net volgende week en daai paleis is gereed vir die kroonprins om te betrek. Dis op een van die rykste boere daar in Oranjeville se plaas, reg langs die Vaaldam. Hy het die huis laat bou vir sy oudste seun wat binnekort trou. Dis werklik 'n pragtige plek en ek is sommer sarkasties as ek dit 'n paleis noem. Die voorkant van die huis kyk reg op die dam. Jy moet die sonsopkoms beleef. Ek gebruik nie maklik groot woorde nie, maar daar is nie 'n ander woord as 'skouspelagtig' om dit mee te beskryf nie. Ek sal die week bietjie my kamera saamneem en dit afneem."

"Waar bly julle terwyl julle daar werk? In die huis self?"

"Nee jong. Ons het 'n karavaan daar langs die water getrek. Dit voel dus so bietjie soos vakansie, maar eintlik glad nie soos vakansie nie, as jy verstaan wat ek bedoel."

Magriet lag. "Noem dit dan maar 'n werksvakansie. Raak die aande nie vreeslik lank nie?"

"Dit doen! Gelukkig is ek vreeslik lief vir lees. Ek dink ek het al 'n hele biblioteek opgelees daar."

Magriet se oë rek. Sy is nie gewoond aan mans wat so openlik erken dat hulle lief is vir lees nie. "Watse boeke lees jy?"

Willem rek sy oë en sê in 'n growwe stem: "Stephen King! Ek is op die oomblik besig met *The Tommyknockers*." Dan lag hy. "Gisteraand lê ek en lees. Dis so spannende deel en my maag is sommer op 'n knop getrek. Die volgende oomblik laat val een van die werkers buite 'n pot of iets. Glo my, ek het soos 'n meisie gegil."

Die res van die pad glip verby terwyl hy vertel van als wat hulle al beleef het die maande dat hulle aan die huis gebou het. Spoedig stop hulle in die inryteater.

"Nou gaan ons eers iets te ete kry," kondig Willem aan toe hy die motor tot stilstand bring. "Jy het nog nooit in jou lewe lekkerder kerrie-en-rys geëet as die wat jy nou gaan kry nie."

Hy hou sy hand na Magriet toe uit toe hulle begin aanstap na die kafeteria. Haar hand glip spontaan in syne en hand-aan-hand stap hulle verder. Die kafeteria is 'n welkome verrassing vir Magriet. Dis lig en kleurvol en lyk nie soos die plekke waaraan sy gewoond geraak het tydens haar studies in Pretoria nie.

"Willem! Jou blikskottel! Ons het jou lanklaas gesien, jong," roep 'n vrouestem van agter die toonbank.

Willem stap dadelik om die toonbank om 'n tenger vrou teen hom vas te druk. "Magriet," roep hy. "Kom laat ek jou voorstel aan my tweede ma. Dit is tannie Magda, my ma se suster. Dit is sy wat die heerlike kerrie-en-rys maak. Skep daar vir ons twee bakkies, ou Mags."

"Jislaaik, ek sien jy het nog niks maniere aangeleer nie. Goeienaand, Magriet. Kom kla maar hier by my as die lummel hom nie kan gedra nie, hoor."

Magriet lag maar verleë saam. Weereens is die verskil tussen haar familie se stugge, amper formele manier van doen en die van Willem en sy familie, voorop in haar gedagtes. Hulle is so gemaklik met mekaar, dink sy, terwyl sy heeltyd voel asof sy in die voorste kerkbank sit wanneer haar familie bymekaar kuier. Hulle lag omtrent nooit, besef sy skielik.

Heelwat later sit hulle weer in die motor. Die kos is voorwaar heerlik geurig en die houertjies koffie wat hulle gratis by tannie Magda gekry het heerlik warm.

"O aarde," merk Willem na 'n rukkie op. "Ek het vergeet om vir jou te vra van watse tipe films jy hou. Nie dat dit enigsins 'n verskil gaan maak aan die fliek waarna ons gaan kyk nie aangesien dit die enigste fliek in 'n honderd kilometer radius is. Ons moet maar kyk wat wys."

"Ek is 'n meisie, onthou. Ek hou van lekker ou tranetrekkers, mooi romcoms, slim komedies ... eintlik het ek nie vreeslike voorkeure nie. Ek hou net nie van rillers en daai skop, skiet en boomklim tipe flieks nie."

"O gaats..."

"Wat bedoel jy, o gaats? Watse fliek wys?"

Willem rol sy oë en lag uit sy maag. "Iets so reg in jou kraal. *Pretty Woman.*"

Magriet keer die "oeps" wat by haar mond wil uitkom, net betyds. Sy het die film gesien saam met haar vriendinne maar gaan dit definitief nie vir Willem sê nie. Dankie tog dis donker in die motor, dink sy. Daar is 'n toneel of twee wat haar sekerlik gaan laat bloos.

Willem neem die nou leë kosbakkies en knoop dit versigtig in 'n plastieksak toe voor hy dit op die agterste sitplek neersit. "So ja. Nou kan die fliek maar begin. Sit jy gemaklik? Ek kan jou sitplek bietjie agtertoe skuif as jy meer beenspasie wil hê. Wil jy nie dalk gou badkamer toe gaan nie? 'n Koeldrank?"

"Ontspan! Ek's reg, dankie. Of wag, dalk moet ek gou 'n draai gaan loop."

Voor sy die deur kan oopmaak, staan Willem reeds aan haar kant van die motor. Haar hand glip natuurlik in syne terwyl hulle oor die gruisklippies stap. Hy wag reeds buite toe sy by die badkamer uitgestap kom en hand-aan-hand stap hulle weer terug motor toe. Hy neem haar hand toe hulle albei weer sit en plaas hulle ineengevlegte hande op sy been voor hy vir haar knik en glimlag. Magriet voel hoe haar hart doef-doef in haar bors.

"Ai," merk sy later op toe hulle terugry huis toe, "ek weet dis 'n totaal onrealistiese storie ... dit gebeur sowaar net in flieks, maar dis darem so mooi."

"Jy het 'n lekker traantjie gepink daar aan die einde," Willem se stem is teer.

"Moenie spot nie! Jy het maar net so lekker gesluk-sluk hoor. Ek het gesien."

"Ag is nie!" Willem klink gemaak verontwaardig. "Ek was hartseer omdat daai mooi vrou vir ons ander mans verlore is! Deksels, daai Julia Roberts is darem ongelooflik mooi."

"Ja, sy is. Sy is vir my een van die mooiste vrouens wat ek nog ooit gesien het."

Willem kyk verbaas na haar. "Weet jy, jy is ongelooflik. Ek het in my prille jeug uitgegaan met 'n meisie wat die piep wou kry as ek genoem het dat 'n ander vrou vir my mooi was. Sy sou nou in 'n vreeslike stilstuipe verval het omdat ek gesê het Julia Roberts is mooi."

Magriet se mond val oop. "Wat? Die arme meisie moes 'n vreeslike swak selfbeeld gehad het. Mooi is mos mooi en daar is vreeslik baie mooi mense in die wêreld."

"Soos wie?"

"George Clooney! O, daar is darem 'n mooi man."

"Ag nee! Waar het jy nou al ooit gehoor van 'n 'mooi' man?"

Die res van die rit terug Morgenstond toe word gevul met name van mooi en minder mooi mense. Magriet voel later hoe haar maag pyn van al die lag. Te gou stop hulle voor die koshuis.

"Dankie, Willem. Ek het die aand vreeslik geniet." Magriet voel skielik weer skaam. Sy weet nie hoe om die aand op die regte manier af te sluit nie. Nooi sy hom in vir koffie? Groet hulle hier in die kar? Gaan hy haar soen? Willem beantwoord haar ongevraagde vrae vir haar.

"Kom ek stap saam met jou deur toe. Dis nogal donker hier buite." Hy neem weer haar hand in syne terwyl hulle met die kort paadjie na haar deur stap en neem dan die sleutel uit haar hand om die deur oop te sluit.

"Ek moet vir jou dankie sê, Magriet. Dit was een van die lekkerste aande wat ek nog ooit beleef het en ek sal dit graag wil herhaal. Eintlik sal ek jou sommer môre alweer wil sien." Hy loer vir haar soos 'n stout skoolseun onder sy wenkbroue uit.

"Dis môre atletiek op Secunda. Ek moet daar wees om die kinders op die pawiljoen op te pas. Jou boetie neem ook deel hoor!" Sy slaan hom saggies op sy skouer.

"Asof ek dit kan vergeet. Soois praat oor niks anders nie en het my plegtig, hand op die hart, laat belowe dat ek daar sal wees om hom te ondersteun. Kan ek jou kom oplaai môreoggend dan ry jy sommer saam met ons?"

"Ek kan nie. Ek is op busdiens ook." Sy trek 'n skewe gesig. "Die soontoe is nie 'n probleem nie maar die terugkomslag." Sy slaan haar hand oor haar oë. "Jy weet wat maak die manne en hulle meisies in die agterste ry banke."

"Nee, wat?" lag Willem. "Ek het dit nooit gedoen nie. Ek is my ma se soetste kind."

Magriet lag maar net saam.

"Ek sal jou dan daar by die atletiek kom soek hoor. Lekker slaap." Hy buig vooroor en soen haar sag op die voorkop. "Gaan in en sluit jou deur."

Magriet bly vir 'n lang oomblik met toe oë en 'n salige glimlag op haar lippe staan voordat sy kamer toe loop.

Willem kry sy ma by die kombuistafel toe hy by die huis instap.

"En toe? Het jy jou gedra?" Sy staan op en skakel die ketel aan. "Sit. Ek wil alles hoor."

Willem sak op 'n stoel neer.

"Moedertjie van my, ek is verlief. Tot oor my twee ore verlief, verlief, verlief. Ek het al 'n paar meisies uitgeneem maar nog nooit het ek so gevoel nie. Dis die real deal, nè Mams?

Hoofstuk 4

Magriet stap, 'n halfuur voor Soois moet aantree vir die 800 meter wedloop vir seuns onder 14, na die area waar die atlete opwarm. Hy is die enigste van haar klassie wat vandag deelneem en sy wil hom persoonlik gaan moed inpraat. Hy kom haar tegemoet gehardloop.

"Juffrou Griet! Juffrou Griet, kyk! Wimp het vir my spikes gekoop. Hy sê mens kan nie kaalvoet op hierdie tartanbane hardloop nie. Hy sê dit sal die velle van my voete afskil."

Willem kom orent van die gras waar hy gesit het. "Hallo, juffrou Griet. Dankie tog jy is hier. Daar is nie keer aan die man nie, hy wil summier nou al gaan hardloop. Van opwarm voor die tyd het hy klaarblyklik nog nooit gehoor nie."

Saam stap hulle later na die wegspringplek.

"Onthou nou om jouself te pace, Soois. As jy te vinnig begin gaan jy moeg wees na die eerste rondte en dan gaan die ander ouens jou verbysteek," preek Willem vir oulaas.

Magriet glimlag. Willem het duidelik nog nie vir Soois gesien hardloop nie.

Die skoot klap en Soois trek soos 'n vlakhaas weg. Willem gooi sy hande in die lug. "Soois," roep hy, "pace jouself!"

Magriet sit haar hand op sy arm. "Ontspan! Dis hoe die mannetjie al twee rondtes aflê. Hy is gewoond aan daardie pas."

"Jislaaik! Het julle gesien hoe hardloop ek onder daai ouens uit? Dit was daai spikes, ek sê julle!"

Soois se mond was nog nie vir 'n oomblik stil vandat hulle uit Secunda vertrek het nie. Een van Magriet se manlike kollegas het aangebied om haar busdiens te doen sodat sy saam met Willem kan terugry.

Soois was nie net die enigste atleet van hulle skool wat 'n eerste plek behaal het nie, hy is ook beloon met die trofee vir die beste langafstandatleet van die dag nadat hy die rekord wat al vir agt jaar staan gebreek het. Sy kan haar gevoel van trots toe die dirigente vir Soois op hulle skouers tel en die hele skool hom toejuig, nie beskryf nie. Vir die eerste keer in sy lewe was Soois totaal aanvaar.

"My ma gaan darem trots wees op my beker, nè juffrou Griet?" kom die stem weer van die agterste sitplek af. "Ek dink sy moet hom in die middel van die tafel sit waar almal hom kan sien."

Willem rol sy oë toe hy vlugtig in Magriet se rigting kyk.

"*I think we have created a monster,*" fluister hy. "Soois, bly nou vir 'n oomblik stil. Jy praat my kop deurmekaar en ek moet op die pad konsentreer. Bêre bietjie van jou stem vir mamma-hulle ook."

"Skies, Wimp. Ek is maar net baie gelukkig."

Magriet draai haarself dwars in die sitplek en vryf Soois, wat tussen die twee voorste sitplekke deurkyk, se kuif deurmekaar. "Ek dink jy moet 'n slapie vang, jong. Dan is jy lekker vars en uitgerus as ons by die huis kom sodat jy alles vir jou ma-hulle kan vertel. Wat dink jy."

Soois dop om op die agterste sitplek en uiteindelik is daar stilte in die motor.

"Dankie tog." Willem slaak hoorbaar 'n sug. "Stilte!" Hy steek sy linkerhand uit en trek Magriet se hand tot op sy been. "Nou kan ek jou hand vashou sonder dat die hele wêreld vir ons kyk."

"Ek kyk vir julle," kom 'n stem van die agterste sitplek af.

Magriet kan maar net lag. Vir 'n paar minute is dit stil in die motor, net die suising van die wiele op die teer is hoorbaar. Willem breek die stilte.

"Skakel bietjie die radio aan. Ek het 'n nuwe kasset gekoop. Dis ou musiek, dalk ken jy dit.'

Magriet draai die knoppie en strelende musiek spoel oor die luidsprekers. "Ken jy dit?" kom Willem se stem.

"Nee. Maar dis verskriklik mooi. Wie is dit?"

"Frank Duval. Die liedjie se naam is *If I could fly*. Luister bietjie na die woorde."

Magriet laat haar kop teen die sitplek agter haar rus en maak haar oë toe terwyl die musiek oor haar spoel. Te gou stop hulle voor die koshuis.

Willem loer oor die agterste sitplek na waar Soois vas aan die slaap opgekrul lê. "Kom, ek stap saam met jou. Soois gaan nie sommer nou wakker word nie. Hy slaap net soos hy alles doen – met oorgawe."

Hy sit sy arm om Magriet se skouers terwyl hulle na haar deur toe stap. By die voordeur draai hy haar na hom toe. "Ek het 'n vreeslike groot bek maar wanneer dit by ernstige dinge kom word ek met stomheid geslaan." Hy sit sy hande op Magriet se skouers. "Juffrou Griet, ek is mal oor jou. Ja, ek weet ek ken jou maar in werklikheid 'n skamele drie dae maar ... heng ... ek hou regtig verskriklik baie van jou en ... heng ... ek wil jou graag nog beter leer ken en..." Hy gee 'n senuweeagtige laggie. "Is dit te gou om te vra of jy my meisie sal wees? Hoe sê die kinders – sal jy met my kys?"

Magriet sit haar hande op sy polse op haar skouers.

"Jy is baie outyds, hoor. Hulle sê nou hulle is 'saam'. Maar om jou vraag te antwoord – dit voel of ek jou al baie lankal ken en ja, asseblief, ek sal graag jou meisie wil wees."

'Rêrig?" Willem se stem is skor.

'Rêrig." Magriet lag saggies. "Jy mag my nou maar soen want ons is nou amptelik saam."

"*Your wish is my command*," fluister hy teen haar mond voordat hy sy lippe saggies op hare laat rus. "Eendag, as ons nie voor 'n koshuis vol nuuskierige tieners staan nie, soen ek jou ordentlik, hoor. Kan daai eendag sommer al môre wees? Ek kom haal jou so elfuur en dan gaan hou ons piekniek by die rivier. Wat sê jy?"

"Meneer Faure, jy vra so mooi, hoe kan ek weier?"

"Jislaaik," lag hy, "hoe vat jy my nou in die gesig! Ek het nie gevra nie, ek het ge-order, okay." Hy druk haar vir 'n oomblik teen hom vas voordat hy die sleutel neem en haar voordeur oopsluit. "Lekker slaap, Mygriet. Sien jou môre." Met 'n wuif stap hy terug motor toe.

"Mygriet," fluister sy lank nadat sy reeds haar lig afgesit het. "Hy het my Mygriet genoem. Sy Griet. Ek is sy Griet." Sy raak aan die slaap met 'n glimlag op haar gesig.

"Ons ry met ou Krok vandag," groet Willem die volgende oggend. "Die paadjie af rivier toe is bietjie vol gate. My ma het vir ons 'n feesmaal ingepak. Daai ou tannie vry harder na jou as ek, hoor. Sy was baie meer geïnteresseerd in my en jou as in arme Soois se prestasie. Toe ek gisteraand vra of sy vir ons sal toebroodjies maak vir vandag, het sy die panne uitgeruk en begin bak. Volgens haar kan mens nie oor toebroodjies vry nie."

"Ek hou baie van jou ma. Sy is so … ek kan nie aan 'n ander woord as '*genuine*' dink nie, so anders as my ma."

Willem bring die bakkie tot stilstand onder 'n groot wilgerboom. Nadat hy vir haar die deur oopgemaak het, haal hy 'n piekniekmandjie en 'n kombers van die bak af. Hy gooi die kombers in die koelte oop en trek Magriet langs hom neer. "Vertel my van jou ouers. Het jy broers en susters?"

"Ek is die enigste kind. My ouers boer naby Volksrust. My pa is … ek weet nie regtig hoe om hom te beskryf nie… Hy is anders as jou pa. Streng. Sy woord is wet. Ek weet hy is baie lief vir my maar soms is dit bietjie te veel. Hy wou nie hê ek moes hier kom skoolhou nie, hy het gesê dis te vêr van die huis af. Ek verstaan eintlik nie sy redenasie nie want ek was vir vier jaar op kollege in Pretoria en dis baie verder as Morgenstond.

"My ma? Sy is … anders as jou ma. Kan ons nie nou oor hulle praat nie, asseblief?" Sy maak die piekniekmandjie oop en begin om die eetgoed uit te pak. "Maggies, jou ma het vir 'n hele weermag kos gemaak!"

"Dis Koba Faure daai. Niemand sal ooit kan kla dat hulle honger by ons huis weggaan nie."

Nadat hulle al die oorskietkos weer in die mandjie gepak het, gaan sit Willem met sy rug teen die boom se stam. "Kom sit hier," nooi hy. Hy trek haar neer tussen sy bene sodat sy met haar rug teen sy bors leun. Hy laat rus sy ken op haar kroontjie en vou sy arms om haar lyf.

"Weet jy, as ander mense gepraat het van liefde met die eerste oogopslag, het ek hulle uitgelag. Dis mos nie moontlik om iemand lief te kry sonder dat jy daardie persoon ken nie. Toe ontmoet ek jou en ek ... nou moet ek my woorde sluk."

Magriet draai haar liggaam sodat sy kan opkyk in sy oë. Haar hart ruk toe sy die opregtheid wat uit sy oë straal sien.

"Ek was nog nooit regtig verlief nie, weet jy." Sy voel hoe haar wange rooi word. Half verleë gaan sy voort: "Ek dink my hart het gewag vir jou."

Lank rus Willem se oë op haar voor hy saggies afbuk en haar lippe opeis. Die soen is teer. Hy lig sy kop op om weer in haar oë te kyk. "Myne ook," fluister hy voordat hy weer sy lippe op hare laat rus, die keer met meer passie.

Uitasem skuif sy 'n hele ruk later van hom af weg. "Nee wag! Laat ek eers asem skep! My hart gaan dit mos nooit hou nie."

Hy lag saggies. `Sissie! Is jy lus vir swem?" Hy skop dadelik sy plakkies uit en ruk sy hemp oor sy kop. "Laaste een in die water koop volgende naweek se fliekkaartjies."

"Nee man! Ek het nie swemklere aan nie'" protesteer Magriet.

"Sissie!" roep hy terwyl hy holderstebolder die water instorm. "Swem met jou klere. Die son is lekker warm, jy sal vinnig droog word."

"As jy my beter leer ken, meneer Faure, sal jy vinnig agterkom ek laat my nie *dare* nie." Magriet skop haar sandale uit en hardloop die water in.

Sopnat en moeg gespeel, sak hulle later weer op die kombers neer.

"My ma kry die horriepiep as sy my nou sien," lag Magriet en strek haarself op die naat van haar rug op die kombers uit. Willem gaan lê langs haar en neem haar hand in syne.

"Ons beter vinnig droogbak! My ma trek my velle van my agterstewe af as ek jou so by die huis aanbring. Sy het vir my 'n ellelange preek afgesteek oor hoe ek jou moet behandel. 'n Regte ou *sergeant-major*, daai ma van my."

Hoofstuk 5

Willem druk die deur agter hom toe. "Sjoe, dis sommer lekker koud vanaand." Hy steek sy arms uit en trek Magriet styf teen hom vas. "Ek dink ek moet my hande bietjie warm maak in jou nek."

Met 'n gil spring Magriet weg van hom af. "Waag dit net! Kom liewers saam kombuis toe dan maak ek vir ons warm sjokolade. Jy kan jou hande om die beker warm maak."

Toe hulle later teen die groot kussings in die hoek van haar kamer sit, sê Willem, "Kan jy glo dat dit al Junie is? Ons is al 'n hele vyf maande saam. Tyd vlieg!"

Magriet glimlag. "Dit was die beste vyf maande van my lewe." Dan versober sy. "My pa het vroeër gebel. Hy is glad nie gelukkig daarmee dat ek so min by die huis kom nie. Ek het probeer verduidelik dat onnies se naweke maar redelik vol is met al die sportbedrywighede maar hy wil nie eens luister nie. Die feit dat ek nie in die Aprilvakansie huis toe is nie help natuurlik niks. Hy sê ons SAL die naweek gaan kuier. Hy wou weet of ek skaam is vir jou dat ek jou nog nie aan hulle gaan voorstel het nie. Sal jy omgee as ons dan maar die naweek plaas toe ry?"

"Natuurlik nie." Willem druk haar hand saggies. "Dis hoog tyd dat ek jou ouers ontmoet."

"Gelukkig is die sport vir die jaar verby. Maar dis eintlik baie dom om die naweek te gaan. Die skool sluit oor twee weke vir die wintervakansie en dan moet ek in elk geval weer die ent pad ry. En ... dan sien ek jou vir drie weke nie! Ek gaan mos nooit oorleef nie."

"Jong," Willem se stem is skor, "oorleef sal ons maar moet. Ek kan altyd een naweek in die vakansie soontoe kom. Dit behoort darem so bietjie te help met die verlang. As ons die naweek gaan en jou ouers leer my ken, sal dit makliker wees om dan 'n volgende naweek te gaan kuier."

Magriet sug. "Jy's seker reg."

Dit is stil in die motor toe hulle laat die Sondagmiddag wegry van die plaas af. Toe hulle uit die plaaspad in die grootpad draai, steek Willem sy hand uit en neem Magriet se hand. Hy druk haar kneukels vir 'n oomblik teen sy lippe voor hy haar hand op sy been neersit en sy vingers deur hare vleg.

"Dit was..."

"Jy kan dit maar sê, Wimp. Dit was ongemaklik en onaangenaam."

"Nee, ek wou eerder sê dit was *weird*. Vreemd. Ongewoon." Hy verminder spoed en bring die motor aan die kant van die pad tot stilstand. Dan spring hy uit en hardloop om die motor om Magriet se deur oop te maak en haar teen sy lyf vas te trek. "Ek sal doodgaan as ek nie nou dadelik 'n drukkie kry nie. Ek dink dit was die ergste deel van die hele naweek. Dat ek nie aan jou kon vat nie."

Magriet giggel teen sy skouer. "My pa se gesig toe jy my hand vat toe ons huis toe stap ... ek dink nie ek sal dit ooit kan vergeet nie."

Hulle staan vir 'n lang ruk so styf teen mekaar voordat Willem sy arms oopmaak en haar weer terughelp in die motor.

Magriet laat haar kop teen die agterkant van die sitplek rus. "Verstaan jy nou wat ek bedoel het toe ek gesê het my ouers is baie anders as joune?" Sy bly vir 'n oomblik stil. "Hulle was nie altyd so nie. Ek was omtrent tien toe my ma weer, onverwags, swanger geraak het. My pa was ekstaties gelukkig. Hy wou altyd 'n seun ook gehad het en hulle het nie gedink daar gaan nog 'n baba wees nie. My ma het die baba op 5 maande verloor en niks was ooit weer dieselfde daarna nie. Sy het snaaks geraak. Vandag weet ek dat sy in 'n diep depressie verval het maar destyds het ek dit nie verstaan nie.

"Sy het stil geraak. Nooit meer met my gespeel nie. Omtrent nooit gepraat nie, ook nie met my pa nie. My pa ... wel, hy het totaal oorbeskermend geraak oor my. Ek kon nêrens gaan nie. Hy het my soggens skool toe geneem en in die middag gaan haal. Dit was seker twee jaar voor hy my weer laat bus ry het. Hy wou die piep kry toe ek sê dat ek wou gaan studeer. Ek wou sielkunde doen maar hy het besluit dat dit my te vêr van die huis sal laat woon, toe besluit hy ek moet onderwys swot en hier op die dorp kom skoolhou. My grootste rebellie ooit was toe ek die pos op Morgenstond aanvaar het."

Willem kyk vlugtig na haar en druk haar hand. "Mens kan hom seker nie blameer nie. Ek dink dit moet verskriklik wees om 'n kind te verloor, selfs al was daardie kind nog nie eens gebore nie. Hy wou maar net seker maak hy verloor nie nog 'n kind nie."

"Dis seker waar, maar in die proses het hy my versmoor. Weet jy hoe moeilik het ek op onderwyskollege aangepas? En dit in die koshuis, tussen ander meisies wat al die vryhede van die lewe geken en geniet het? Ek was seker die grootste kloosterkoek op aarde. Ek het eers in my derde jaar saam met die ander begin uitgaan en regtig vriendinne gemaak."

Willem bring weer haar hand na sy mond en druk 'n soen teen haar kneukels. "Dis vreemd dat jou pa wou hê ons moes die naweek kom kuier. Saterdag was die hele omgewing se boere daar vir die Boeredag en ons het glad nie saam met hulle gekuier nie. Ek het eintlik, as ek nou baie eerlik kan wees, vreeslik ongemaklik gevoel so tussen al die vreemde mense. Daardie buurman van julle, Herman, was darem baie gaaf. Ons het dik stukke gesels."

"My pa het darem moeite gedoen vanoggend toe hy jou saamgenooi het om na die skape te gaan kyk."

Willem kyk haar skeef aan.

"Jou pa het my ondervra soos die FBI 'n krimineel ondervra. Hy wou alles van my weet. Waar my pa werk, hoeveel kinders ons is, watter kerk ons bywoon."

"Dis my pa daai, ja. 'Skies man. Dit was seker erg."

"Ek het gelukkig geen geheime nie. Ek glo hy weet nou alles van my en ook dat ek, soos hy dit noem, 'eerbare intensies' met jou het."

"O nè? En watse intensies is dit nogal?"

"Ek, juffrou Griet, gaan met jou trou. Gee my net so bietjie tyd tot my spaarvarkie net bietjie vetter is. Ek wil darem ordentlik vir jou kan sorg."

Hoofstuk 6

Magriet is verbaas om haar ouers se Mercedes voor die koshuis te sien staan toe sy die middag van die skool af kom. Dis die Donderdag voor die skool sluit vir die lang wintervakansie.

Haar pa se gesig is stroef toe hy uit die motor klim en groet.

"Dis 'n verrassing," groet sy haar ma en frons toe sy haar ma se stywe drukkie voel.

"Ons moet praat," antwoord haar pa en begin summier aanstap na haar woonstel. "Sit," beveel hy toe Magriet aanbied om te gaan koffie maak.

"Ek en jou ma het lank hieroor gepraat. Ons kan ongelukkig jou verhouding met die Willem-mannetjie nie goedkeur nie."

"Hoekom?" Magriet frons. "Dit het dan gelyk of julle lekker gekuier het Sondag. Ek verstaan nie."

"Sussie," begin haar ma maar haar pa maak haar met 'n handbeweging stil.

"Daar is 'n paar redes vir ons besluit, Magriet. In die eerste plek – ons het jou laat leer en verwag dat jy met iemand sal trou wat ook 'n geleerdheid het. Die mannetjie wat jy nou op sleeptou het is 'n ambisielose ploert. Werk as handyman saam met sy pa. Wat het hy agter sy naam?"

Magriet voel hoe haar mond oophang. "Maar ... Pa het ook nie 'n geleerdheid nie. Pa is 'n boer en tog suksesvol. Pa sorg goed vir my en Mamma..."

"Ons praat nie nou oor my nie, Magriet. Tye het verander. In elk geval, ek het 'n plaas, eiendom, en ek het hard gewerk om te wees waar ek nou is. Jou Willem het niks, net 'n ou flenterkar soos hy my 'trots' vertel het. Hy bly nog by sy ouers. Hoe oud is hy? Drie-en-twintig? Teen die tyd behoort hy al 'n neseier opgebou gehad het.

"Sy ouers is kerkmuise, bywoners op ander se grond. Sy pa werk as arbeider! Sy ma sloof haar af om die huis aan die gang te hou, vrou alleen op die plaas, terwyl die mans elke week eenvoudig in hulle voertuig klim om vir ander te gaan werk. Ja, Magriet, ek het lank met hom gesels terwyl ons gery het om na die skape te gaan kyk. Ek het alles te wete gekom omtrent daardie familie. Ook van die mal broer.

"Indien jy besluit om met hom te trou, trou jy in daardie agterlikheid in. Hoe weet jy of daardie toestand van die broer geneties is of nie? Is dit die gene wat jy in ons familie wil inbring?"

Magriet maak haar mond oop om te protesteer maar haar pa maak haar summier stil.

"Stil! Jy sal luister! Ek kan dalk nog die agterlikheid verskoon, hoop dat die man iewers iets in hom het om 'n beter werk te kry. Maar ons tweede rede is die deurslaggewende een. Een wat ek nie kan verskoon en miskyk nie. Die kerk waaraan hy en sy familie behoort, word beskou as 'n sekte. Daar is geen manier dat ek sal toelaat dat my dogter ingeslurp word deur daardie mense nie. Hoe wys ons ons gesigte in die kerk, voor dominee, as ons weet ons dogter het haar wortels versaak? Hulle glo nie aan die doop nie. Hulle lê nie geloofsbelydenis af nie. Hulle onderhou geen van die sakramente nie. Nee my kind, dis nie hoe ons jou grootgemaak het nie. Ons verwag van jou om te trou met iemand wat in óns kerk is."

Hy versag sy stem effe voor hy verder gaan. "Jy moet besef dat ons net die beste vir jou wil hê. Ons wil met trots kan kyk na ons skoonseun, en dis nie iets wat ons kan doen met die Willem ventjie nie. Jy is ons enigste kind, die een wat alles wat ons het kry as ons die dag nie meer daar is nie. Onder geen omstandighede laat ek alles waarvoor ek myself afgesloof het in daardie man se hande nie."

Magriet kyk vraend na haar ma wat met haar hande bedees voor haar gevou sit, haar oë afgewend. "Mamma?"

"Jou pa is reg, my kind."

"Natuurlik sal Mamma met hom saamstem. Altyd. Alles. 'Jou pa is reg', 'luister na jou pa', 'jou pa weet beter'. Het Mamma nie 'n stem nie? Nie 'n eie opinie nie?"

Magriet voel hoe jare se opgekropte frustrasie uit haar borrel. "My lewe lank is Pa se woord wet. Kleintyd moes ek klavierlesse neem, die feit dat ek geen talent daarvoor het nie en elke oomblik gehaat het, het niks vir Pa saak gemaak nie. Toe ek wou ballet neem het Pa geweier. Pa het my vakke op skool gekies, my buitemuurse

46

bedrywighede... Ek móés gaan onderwys swot terwyl ek eintlik wou sielkunde doen. Elke liewe aspek van my lewe is deur Pa voorgeskryf, wat ek sal aantrek, met wie ek sal vriende wees. Nou wil Pa my toekoms ook dikteer! Pa het ook met niks begin nie. Mamma het my hoeveel keer vertel hoe julle vir byna twee jaar by Ouma-hulle in die huis gebly het. Pa het dubbele standaarde! En Ma bly maar stil, sê nie 'n woord nie. Ja en amen net op alles wat Pa sê."

"Magriet!" Haar pa se stem sweepslag deur die vertrek.

"Jy sal nie so met ons praat nie. Is dit die invloed wat daardie mannetjie op jou het? Is dit wat hy jou leer?"

Magriet bly stil, sy weet dat dit niks sal help om met haar pa te argumenteer nie.

"Jy sal van die man afsien," gaan haar pa voort.

"En as ek weier? Ek is een-en-twintig, Pa. Pa kan my nie meer voorskryf wat om te doen nie."

Haar pa kyk haar lank stil aan. "Jy het 'n keuse, Magriet – dis ons of hy. Onthou net, daar is konsekwensies aan verbonde. Ek het derduisende rande aan jou studies betaal. Kies hom en jy begin om elke sent van daardie geld aan my terug te betaal. Gaan maak maar die sommetjie. Daardie kar waarmee julle so lekker rondry sal ook teruggegee word.

"Jy het tot môre om mooi hieroor na te dink. Ons gaan nou na jou motor toe stap en ek gaan die kilometerlesing neerskryf. Ek weet presies hoe vêr dit huis toe is. Daar sal nie 'n halwe kilometer meer as dit op daardie motor wees nie.

"Hy sal nie weer sy voete oor my drumpel sit nie. As jy hom kies is jy dus ook nie langer welkom in my huis nie."

Hy haal 'n vel papier uit sy baadjiesak, vou dit oop en sit dit saam met 'n pen op die koffietafel voor hom neer.

"Teken. Dit is jou bedanking. Ek het geweet dit is 'n fout om jou so vêr van die huis te laat skoolhou. Ek sal sorg dat die hoof hierdie bedankingsbrief ontvang."

"Pa! Ek kan mos nie sommer so bedank nie! Wat van my klassie? Daardie kinders is afhanklik van my. Ek het nou net begin om regtig vordering met hulle te maak. Ek gaan hulle nie so weggooi nie!"

"Dis nog iets." Haar pa tik met die pen op die tafeltjie.

"Jy gooi jou talente weg op 'n spul onopvoedbare kinders. Jy is bestem tot meer as dit. Matrieks, departementshoof, dalk later selfs die hoof van 'n skool maar jy kies om met daardie klomp te werk. Ons het jou nie so grootgemaak nie. Jy sál meer ambisie as dit hê, al moet ek dan daarvoor sorg. Kom, Vrou."

Haar pa staan op en begin deur toe stap. Magriet kyk vir oulaas vir hulp na haar ma, wat woordeloos, kop omlaag, agter haar man uitstap.

Magriet sit hulle woordeloos agterna en kyk. Wat het sopas gebeur, vra sy haarself af. Dan kom die trane. Woedetrane. Sy voel lus om aan die gil te gaan. Hoe kan hy dit van haar verwag? Hoe moet sy kies tussen mense vir wie sy lief is? Ten spyte van haar pa se drakoniese reëls is hy steeds haar pa. En die ultimatum wat hy aan haar stel.

Heelwat later stap sy badkamer toe om haar gesig te was. Die telefoonhokkie waarvandaan sy wil bel is in die dogters se afdeling van die koshuis. Sy kan nie toelaat dat hulle haar so sien nie.

Sy skakel met bewende hande die Faure's se nommer.

"Tannie Koba," begin sy voor die trane weer oor haar wange begin loop.

"My kind! Wat is fout?"

Tannie Koba se moederlike stem laat 'n nuwe stortvloed trane ontstaan.

"Ek kan nie nou praat nie, Tannie. Kan tannie asseblief wanneer Willem vanaand by die huis kom hom vra om my te kom sien?" Sonder om te groet plaas sy die gehoorbuis terug op sy mikkie en hardloop byna terug na haar woonstel.

Net na sewe is daar 'n klop aan haar deur. Sy haal 'n slag diep asem voordat sy die deur oopmaak.

"Mygriet? Wat's fout?" vra Willem met 'n bekommerde gesig. "My ma sê jy het so gehuil dat jy skaars kon praat."

Magriet laat hom toe om haar teen sy bors vas te trek. Vir 'n oomblik staan sy in sy omhelsing, drink sy rustigheid in. Dan maak sy haarself los uit sy arms en neem hom aan die hand na haar slaapkamer. Die groot kussings op die vloer het hulle kuierplek geword in die vyf maande dat hulle saam is. Sy sak neer op die mat en laat haar voorkop op haar opgetrekte knieë sak.

"My ouers was vanmiddag hier." Trane begin weer oor haar wange biggel.

"Het hulle slegte nuus gebring? Jy maak my bang, Mygriet. Wat is dit wat jou so laat huil?" Willem kom langs haar sit en trek haar teen sy bors vas. "Toe nou maar. Moenie so huil nie, asseblief."

Magriet veg om kalmte. Sit dan weg van hom af.

"Wimp ... my ouers het my verbied om jou langer te sien. Hulle ... eintlik my pa, het 'n probleem met jou werk, die feit dat jy nog by jou ma-hulle bly, dat ons met my kar gery het toe ons gaan kuier het..." Sy sluk aan die trane wat nog steeds vlak sit. "... en met jou kerk. My pa het vreeslike dinge gesê. Julle kerk is volgens hom 'n sekte, jy is ambisieloos...

"Hulle wil hê ek moet kies. Jy of hulle en as ek jou kies is ek nie meer welkom in hulle huis nie, moet ek my studiegelde terugbetaal en my kar teruggee. Hoe kan hulle? Hoe kan hulle verwag ek moet van jou afsien? Ek is mondig, ek kan my eie besluite neem." Sy druk haar kop teen Willem se bors, haar arms kramp om sy lyf. "Ek kan nie, Willem. Ek kan nie. Ek het jou te lief daarvoor."

Willem se arms knel om haar terwyl hy haar saggies heen en weer wieg. Na 'n ruk stoot hy haar effens weg van hom sodat hy in haar oë kan kyk.

"Magriet. Die hemel weet, ek het jou so oneindig lief maar dit kan nie werk nie. As ek nie jou pa se seën het nie, kan 'n verhouding tussen ons mos nooit werk nie. Ek sal altyd onwelkom wees in julle huis. Dit gaan jou uitmekaar skeur. Dit sal ons verhouding uitmekaar skeur. Nee, Mygrietjie, ek sal nie toelaat dat jy kies nie. Onthou net altyd, ek het jou liewer as die lewe self."

Daarmee vou hy sy arms weer om haar en laat rus sy lippe eers sag teen haar voorkop en dan op haar lippe.

Magriet dwing sy lippe oop met haar tong. Byna freneties klou sy aan hom en trek hom saam met haar af op die mat tot hulle teen die kussings lê.

"Ek kan nie, Willem," snik sy in sy mond. Haar hande vleg onder sy hemp in, oor sy kaal rug en probeer hom nog vaster teen haar druk.

Willem se hand glip onder haar bloes in ... sy lippe eis hare weer en weer op.

Hoofstuk 7

Magriet word die volgende oggend wakker, nog steeds op die mat waar sy die vorige nag, totaal uitgeput na die emosie en passie, aan die slaap geraak het. Willem moes opgestaan het en die duvet oor haar gegooi het.

"Willem?" roep sy al weet sy hy is nie langer daar nie. Sy draai haar kop in die kussing en huil asof haar hart wil breek.

Na wat soos ure voel, staan sy styf-styf van die mat af op en trek sommer die klere van die vorige dag aan.

Sy gaan klop aan die koshuisvader se deur.

"Meneer, ek het slegte nuus van die huis af gekry. Ek gaan nou huis toe ry. Sal Meneer asseblief reël dat daar na my klassie omgesien word?"

Terug in haar woonstel begin sy klere in haar tas gooi. Toe sy haar borsel en grimering wil inpak, kry sy die briefie op die spieëlkas.

My liefste Magriet

Ek is jammer dat ek so in die middel van die nag uitsluip. Ek moet nou gaan terwyl ek die moed het om dit te doen. Soos jou geliefde Meatloaf sing: I will do anything for love, but I won't do that. Jy het net een stel ouers. Ek kan vervang word. Onthou altyd dat ek jou lief het, meer as wat jy kan dink. Miskien eendag kom ons paadjies weer bymekaar uit. Tot dan – wees gelukkig my lief. Jy sal altyd My Grietjie wees.
Altyd
Jou Wimp

Die trane biggel ongehinderd oor haar wange terwyl Magriet die Volksie aanskakel en by die skoolgronde uitry. Plek-plek kan sy die pad voor haar nie sien nie. Byna werktuiglik ry sy die bekende pad huis toe.

Op die plaas trek sy haar motortjie onder die groot boom voor die agterdeur. Haar ma kom, verras, uit die kombuis toe Magriet uit die motor klim.

"Sjoe, jy is vroeg, Sussie. Ons het jou eers later verwag."

Magriet systap haar ma se arms en begin om haar goed uit te laai. "Los tog, Ma," keer sy toe haar ma wil begin help. "Ek sal self."

Sy sleepdra haar tas na haar kamer en gooi die deur agter haar toe. Sy wil nie met haar ma praat nie, nie nou nie.

'n Rukkie later klop haar ma aan die deur. "Koffie, my kind?"

"Nee. Ek's nie dors nie. Ek is moeg. Los my net uit."

Dis 'n rukkie voor Magriet die voetstappe voor haar deur hoor wegstap. Sy gooi haarself op die bed neer en trek die deken tot oor haar ore.

Dis skemer toe sy weer wakker word. Haar kop klop en haar oë voel krapperig. Stadig swaai sy haar bene van die bed af en loop, kop-onderstebo, badkamer toe. Sy was haar gesig met koue water en haal 'n hoofpynpil uit die kassie bokant die wasbak.

Haar ma se bekommerde gesig loer om die deur. "Wil jy nie iets eet nie, my kind? Jy het heeldag nog nie nat of droog oor jou lippe gehad nie."

"Ek wil niks hê nie. Ek's nie honger nie." Magriet stap kombuis toe en hak die vierwiel motorfiets se sleutel van sy hakie agter die deur. "Ek gaan na Herman toe," sê sy oor haar skouer toe sy by die deur uitstap.

Herman. Buurman, vertroueling. Die enigste by wie sy haar lot kan bekla, wetend dat hy sal verstaan.

Sy kry hom in die woonkamer voor die kaggelvuur, sy neus in 'n boek.

"Wat lees jy? En waar is Janneman?"

Herman kyk op. "Hallo vreemdeling. Wat sluip jy so in die amper donkerte rond?" Sy oë rus op haar geswolle ooglede. "Wat's fout, Griet? Kom sit." Hy skuif op om vir haar plek te maak langs hom op die rusbank. "Janneman is by my ma-hulle. Hy was knieserig vanoggend toe kom haal hulle hom."

Magriet gaan sit langs Herman en rus haar kop teen sy skouer. "Hy is seker al yslik groot? Wat is dit nou? Al elf maande?"

"Amper dertien! Vandat hy begin loop het, het ek my hande vol. Daai handjies los niks binne bereik uit nie. Jy moet gaan kyk – ek het die netjiesste kaste in die wêreld. Ek het alles uitgehaal uit die onderste kaste waar hy kan bykom. Ai, Janneke sou so trots op hom gewees het. Regte klein bulletjie. Hy lyk al hoe meer na haar."

"Ek kan nie glo Janneke is al so lank weg nie. Ek mis haar nog so baie." Magriet voel die bekende hartseer oor haar beste vriendin diep binne-in haar. Sy het net lank genoeg geleef om klein Janneman een keer vas te hou voor haar hart ingegee het.

Magriet was vir so lank kwaad vir Janneke wat teen alle doktersvoorskrifte tog swanger geraak het. Hulle het haar gewaarsku dat die hartdefek waarmee sy gebore is haar hart so verswak het dat 'n swangerskap fataal sou wees. Dog het sy die kans gewaag. Herman was verpletter maar was skielik die alleenouer van 'n pragtige babaseuntjie. Hy kon homself nie oorgee aan die hartseer nie. Hy moes eenvoudig aangaan.

Magriet het in die eerste paar maande na Janneke se dood dikwels kom help met Janneman se versorging sodat Herman kon slaap.

"Wat's fout, Griet?" vra Herman weer. "Hoekom is daai oë so dik?"

"Wat het jy van Willem gedink daai naweek toe ons hier was?" Magriet se stem bewe.

"Ek het baie van hom gehou. Lieflike sin vir humor en die sagte manier waarop hy met jou gepraat het en na jou gekyk het, het my vreeslik beïndruk. Ek het gedink julle pas perfek bymekaar." Hy sit effens weg van haar af sodat hy in haar oë kan kyk. "Het hy jou seergemaak, Griet?"

"Nee." Die trane begin weer uit haar oë loop. "Ek kan nie glo ek het nog trane oor nie. Gedog my tenkie is al leeg gehuil." Sy staan op en stap badkamer toe om terug te keer met 'n hele rol toiletpapier. Sy snuit haar neus.

"My pa het gister by die koshuis aangekom en my verbied om Willem weer te sien. Hy sê Willem is ambisieloos en behoort nie aan die regte kerk nie. Pa het eenvoudig gesê ek moet kies en as ek vir Willem kies onttrek hy alle hulp aan my. My bedankingsbrief, klaar geskryf, net voor my neergesit en gesê ek moet teken. En my ma sit net daar, sê nie 'n woord nie."

Herman trek haar tot styf teen hom vas.

"Ek het altyd geweet jou pa is bitter streng, maar dis onredelik. Het jy met Willem gesels daaroor?"

Magriet haal die briefie wat Willem op haar spieëltafel gelos het uit haar sak en gee dit vir Herman. Woordeloos lees hy die paar woorde en laat rus dan sy ken op Magriet se kroontjie.

"Ai, Grieta."

"Wat maak ek nou, Her? Ek kan nie teruggaan Morgenstond toe om elke dag herinner te word aan hom nie. In die klas te staan met klein Soois voor my, tannie Koba of Willem in die dorp raak te loop … die plekke waar ons saam was... Ek sien nie kans nie. My pa gaan daardie bedankingsbrief in elk geval vir die hoof stuur. Hy het klaar besluit dat ek nie sal teruggaan nie."

Herman sit vir 'n lang ruk doodstil, sy kop op Magriet se kroontjie.

"Ek het 'n oplossing," sê hy 'n ruk later. "Trou met my."

Hy voel hoe Magriet se lyf verstyf en dan vinnig van hom af wegskuif. Sy kyk verbaas op in Herman se oë.

"Dink daaraan, Griet. Ons ken mekaar al amper ons hele lewe lank, kom goed oor die weg. Janneman het 'n mamma se hand in sy lewe nodig. Ek sukkel om hom alleen te versorg so saam met die boerdery. Ek is verplig om hom nou in Myta se sorg te los. So help ons mekaar. Jy hoef nie terug te gaan Morgenstond toe nie en ek het iemand wat al die hubare meisies in die dorp van my lyf af weghou." Hy glimlag. "Elke tannie in die dorp sien my nou as ideale skoonseun materiaal."

Herman staan op en gaan gooi nog 'n stomp op die vuur.

"Jy weet hoe lief ek vir Janneke gehad het. Niemand sal ooit haar plek in my hart kan inneem nie. Maar ek en jy ... ons kan dit maak werk. Ons ken mekaar en ons is reeds lief vir mekaar. Dalk nie op die manier waarop *lovers* mekaar liefhet nie maar is vriendskap nie tog maar een van die grootste boustene vir 'n huwelik nie?"

Hy gaan sit op sy hurke voor Magriet en neem haar hande tussen syne. "Dink daaroor, Griet. Jy kom weg van jou pa se oordonderende dissipline én jy hoef nie weer terug te gaan Morgenstond toe nie."

Magriet kyk lank in Herman se oë. Sy sien die erns en die omgee.

"Ek wil nie die res van my lewe net in 'n vriendskaps-verhouding wees nie, Herman. Op die oomblik is dit vir my genoeg, maar iewers vorentoe gaan ek dalk weer liefgehê wil word, kinders hê. Wat dan?"

Herman gaan sit skuins op die bank sodat hy haar in die oë kan kyk.

"Tyd is 'n wonderlike ding, Griet. Wanneer jou hart nie meer so seer is nie en jy voel jy is gereed daarvoor ... niks keer ons om dan die ding te doen nie." Hy wikkel sy wenkbroue suggestief.

Magriet kan nie anders as om te lag nie.

"Ai, Herman Lategan, jy is goed vir my siel." Sy bly 'n rukkie stil. "Kom ons doen dit. Kom ons trou! Ek het net een voorwaarde. Ons doen dit stil, sommer in die konsistorie. Geen toedoe, geen wit rokke en blomme en strooimeisies en al daai bog nie. Net ek en jy. Ons sal seker ons ouers moet nooi, nè?"

"Ek dink so, ja," lag hy, "en ek sal seker jou pa se toestemming moet vra ook."

"Nottehel! Ons gaan net vir hulle sê. My pa het klaar my lewe gereël." Sy gee 'n half-senuweeagtige laggie. "Ek wil nou soos die kinders in die skool sê: Oh my soul! Ons is nie lekker nie!"

"Jy weet wat Janneke sou gesê het, nè?"

"You only live once. Moenie uitstel nie. Just do it!" Magriet glimlag hartseer. Sy lig haar kop na die plafon. "Okay, Vriendin," praat sy hemel toe. "Ek hoop dit dra jou goedkeuring weg."

'n Skielike rukwind maak dat die vlamme in die kaggel skielik hoër brand. Herman lag. "Jip, sy is tevrede. Sien, sy het nou net haar goedkeuring gegee." Hy staan op. "Ons moet dit vier. Sal koffie okay wees by die gebrek aan sjampanje?"

Toe Herman uitstap om die koffie te gaan maak, krul Magriet haarself op die bank op. Willem, praat sy in haar gedagtes, ek sal jou altyd liefhê. Maar ek kan nie vir altyd huil nie. Jy het self gesê die lewe gaan aan. Die seer gaan nie weggaan as ek elke dag gekonfronteer moet word met dit wat my gelukkig gemaak het nie.

Herman kry haar vas aan die slaap toe hy terugkom met die koffie. Hy gaan haal 'n kombers in die kamer en vou dit teer om Magriet. Dan stap hy na die telefoon toe.

"Oom Koos? Dis Herman. Ek sal vir Magriet môre-oggend huis toe bring. Sy slaap sommer vanaand hier."

Hoofstuk 8

Herman en Magriet stap by die kombuis in net toe haar ma die gebakte eiers uitkeer op haar pa se bord.

"Sit, sit," nooi haar pa en skud Herman se hand. "Vrou, bring vir die kinders borde."

Magriet neem plaas op haar gereelde sitplek aan die kant van die tafel terwyl Herman oorkant haar gaan sit.

"Nee dankie, Oom Koos," antwoord hy. "Ons het reeds by my huis geëet maar ek sal nie nee dankie sê vir 'n koppie koffie nie."

"Wat is jou storie, Magriet? Wag nie eens gister dat ek van die lande af kom sodat jy my kan groet nie? Van wanneer af is dit hoe ons dinge doen?" Haar pa wag nie vir haar antwoord nie maar draai onmiddellik na Herman.

"Hoe gaan dit op die plaas, Buurman? Het jy klaar gestroop?"

Magriet maak groot oë vir Herman. "Doen dit!" vorm haar mond die woorde.

"Oom Koos, ek is nie vanoggend hier om te gesels oor die boerdery nie. Ek en Magriet trou volgende Saterdag. Ons sal bly wees as julle ook daar kan wees."

Vir 'n paar minute is daar doodse stilte in die kombuis.

"Wat bedoel jy julle trou? Ek kan nie onthou dat jy ouers gevra het nie."

"Nee, Pa." Magriet sit regop op haar stoel en kyk haar pa vierkantig in die oë. "Ons vra nie of ons kan trou nie. Ons sê vir julle. Ek is mondig en het nie Pa se toestemming nodig nie." Haar stem styg. "Vir lank genoeg het Pa my lewe probeer beheer. Dis verby. Van nou af neem ek my eie besluite. Ons trou Saterdag, met of sonder julle toestemming. Of gaan Pa vir Herman ook die huis belet soos Pa met Willem gemaak het?"

"My kind," begin haar ma, "ek verstaan nie? Net gister nog was jy verpletter oor Willem en kwaad vir Pa. Nou wil jy en Herman trou. Ek verstaan nie."

"Los haar, Vrou. As sy met Herman trou is ons ten minste ontslae van daai ploert wat sy hier aangesleep het en is sy naby waar ons 'n oog kan hou. Ek hou nie van die manier wat julle dinge doen nie," Koos se oë rus op Magriet, "maar ek sal julle nie keer nie. Ma sal dadelik begin reëlings tref. Sorg asseblief dat jou ma die name en telefoonnommers het van die vriende wat julle wil uitnooi. Dit gaan bars gaan om alles in 'n week se tyd te reël maar ek is seker jou ma sal dit kan doen."

Herman steek sy hand oor die tafel, neem Magriet se hand in syne en gee dit 'n druk toe hy sien dat haar mond oopgaan om te protesteer. "Oom Koos, tannie San, ons trou in die konsistorie. Slegs julle en my ouers sal daar wees om as getuies te teken. Ons gaan geen gaste nooi nie."

San frons en haar mond gaan oop, maar Magriet maak haar stil.

"Nee, Ma. Dit is ons besluit en niks wat ma sê gaan ons van besluit laat verander nie. Daar sal nie 'n sirkus van 'n troue plaasvind nie. Take it or leave it."

Vrydagmiddag sak Magriet moeg op haar bed neer. Dit was 'n warrelwind week waarin soveel moes gebeur en gedoen word. Hulle eerste afspraak was Maandagoggend met die predikant. Oudominee was glad nie gelukkig oor die haastigheid van die huwelik nie.

"Ek sou verkies dat ons eers die gebooie laat loop vir drie Sondae soos ons gebruik is," was sy verweer. "Dit gee die gemeentelede die kans om besware teen julle voorgenome huwelik te opper."

Herman se dreigement dat hy die jong predikantjie wat by die susterskerk aangestel is sal vra om hulle huwelik te voltrek, het Oudominee laat besgee. Hy sal hulle om tienuur Saterdagoggend in die konsistorie in die huwelik bevestig.

Van die pastorie af is hulle na die grootste juwelier op die dorp. Herman het eenvoudig sy voet neergesit.

"Al is dit nie 'n 'regte' huwelik nie, gaan jy my vrou word en sal ek vir jou die mooiste ring in die winkel koop."

Magriet draai haar hand om die ring weereens te bewonder. Herman het haar verbaas. Sy het nie besef dat hy haar so goed ken nie. Hy het die laaitjie met verloofringe vir 'n tydjie staan en bestudeer en toe sy hand uitgesteek om 'n ring uit te haal. Dit was die presiese ring waarna

Magriet gestaan en kyk het. Hy het die ring 'n halfuur later oor 'n koppie Wimpy koffie aan haar vinger gesteek.

"Alles aan ons troue is anders," het hy gelag. "Daarom moet die verlowing ook anders wees. Geen sjampanje en oesters vir ons twee nie. Net koffie en muffins!"

Magriet kon nie anders as om saam te lag nie. Herman se lewensvreugde en entoesiasme is aansteeklik. Tog het sy in haar hart gehuil. Hoe anders sou dit wees om *regtig* verloof te raak, 'n *regte* troue te beplan saam met die man wat sy liefhet.

Hulle volgende stap was 'n besoek aan die prokureur waar 'n voorhuwelikse kontrak opgestel en onderteken is. Al was dit nie 'n huwelik in die ware sin van die woord nie, het Herman gesê, sal hulle dinge op die regte manier doen en sal hy vir haar sorg vir solank as wat dit nodig is.

Die moeilikste deel van die week was om terug te gaan Morgenstond toe om haar goed te gaan haal en om die hoof te gaan inlig dat sy nie sal terugkeer die volgende kwartaal nie. Sy kon nie die hoof in die oë kyk nie. Magriet het verstaan hoekom die skoolkinders gesê het: "Meneer het x-straal oë. Hy kyk tot binne in jou en sien sommer die lieg 'n myl vêr". Hy het vir Herman uit sy kantoor gestuur, haar in die oë gekyk en vaderlik gevra: "Magriet, jy en die klein Faure was baie danig met mekaar. Jou oë het geblink en daar was 'n huppel in jou stap. Almal kon sien dat jy verlief was en ons almal het gedink julle pas by mekaar. Hoe dan nou?"

Magriet moes 'n paar keer sluk voor sy kon antwoord.

"Ek en Herman... Dit sou nie uitwerk tussen my en Willem nie, Meneer. Ons verskil te veel. Ek en Herman ken mekaar al baie lank en ons sou trou as ek nie vir 'n kort rukkie kop verloor het nie. Willem was net 'n tussenspel, Meneer, maar ek het nou tot my sinne gekom." Sy het dit gehaat om vir die man te jok, wetende dat hy weet sy jok.

Sy en Herman het daarna haar woonstel gaan ontruim, 'n takie wat twee uur geneem het. Sy kon nie glo hoeveel klein goedjies sy in 6 maande bymekaargemaak het nie. Net die groot kussings waarteen sy en Willem soveel ure omgekuier het, kon sy nie oplaai nie. Sy het dit net daar gelaat vir die bediendes wat agter haar sou kom skoonmaak. Weereens het Herman verstaan, sy arms om haar gesit en haar teen sy bors vasgehou. Sy hand het sirkelbewegings oor haar rug gevryf totdat sy haar ewewig herwin het.

Môre trou ek, dink Magriet terwyl sy op haar rug op haar bed lê. Haar oë dwaal na die rok wat teen haar kasdeur hang. Dis die enigste kompromie wat sy met haar ma aangegaan het. Sy sou toelaat dat haar ma vir haar 'n mooi rok koop. Magriet glimlag stil. Dit was eintlik 'n heerlike dag. Vir die eerste keer in jare kon sy en haar ma mekaar weer vind, kon haar ma net 'n moeder wees wat haar dogter wou bederf.

Vandag was Ma weer die mens wat sy onthou uit haar kleintyd, spontaan en sommer 'n bietjie laf. Winkel na winkel het hulle deurgestap op soek na die ideale rok. Ma het kort-kort gaan staan en die aakligste rok uitgewys. "Daai een, my kind. Gaan pas hom aan." Dan het hulle half histeries gegiggel oor die spektakel wat in die spieël verskyn het.

Die perfekte rok het hulle kort voor middagete gekry teen 'n prys wat Magriet se asem weggeslaan het. San het net haar man se kredietkaart uitgehaal. "Jou pa het gesê gaan koop 'n mooi rok. Die is mos 'n mooi rok!" Die drukkie wat Magriet haar gegee het was opreg, en San se reaksie daarop net so innig. Nou hang die rok teen die kasdeur – 'n pragtige wolrok in die ligste blou.

Sy strek haarself, klim uit die bed en vou 'n kombers oor haar skouers voor sy op die breë vensterbank gaan sit. Dis 'n helder winteroggend. Die ryp op die gras en blare vorm helder diamantjies wat skitter in die vroeë oggendson. Sy leun haar kop teen die venster. Willem, huil haar hart. Waar is jy vandag? Wat doen jy? Is jou hart so seer soos myne? Dan ruk sy haarself innerlik reg. Sy gaan nie huil nie, nie vandag nie. Sy gaan vandag haar rol soos 'n pro speel – die laggende bruid wees wat almal verwag om te sien.

'n Ligte klop aan die deur laat haar omkyk.

"Nicky! Waar kom jy vandaan?"

Nicolene Lategan kom met twee bekers koffie en 'n groot glimlag by die deur in. "Jy het tog seker nie gedink ek gaan daar onder in die Kaap sit as my enigste, kleinste boetie trou nie?" Sy sit die twee bekers koffie op die spieëlkas neer voor sy haar arms oopmaak. "Kom hier dat ek jou kan druk."

Magriet spring van die vensterbank af en stap in Nicky se arms in. "Ek is so bly jy is hier." Sy voel hoe trane by haar ooghoeke begin opdam.

"Haai, nikse gehuilery nie. Daar sal g'n rooi oë vandag wees nie ... net myne want ek is seker ek gaan weer vir 'n plek in die eerste span tjank. Kom sit hier op die bed en drink jou koffie."

"Wanneer het jy gekom? Herman het niks vir my gesê nie maar ek's nie eens kwaad nie. Ek is net so bly jy is hier."

"Ek het gisteroggend op die vliegtuig gespring. My pa het my op die lughawe gaan haal en ek het gisteraand by hulle geslaap. Ek het vir Herman die dood voor die oë gesweer as hy vir jou sê en so my verrassing bederf." Haar gesig versober en sy sit haar koffiebeker neer om Magriet se vry hand in hare te neem.

"Herman het my vertel van die omstandighede van julle huwelik. Moenie vir hom kwaad wees nie, hoor. Hy moes met iemand praat. Is jy okay, Griet?"

Magriet sluk die laaste bietjie koffie weg voor sy die beker met 'n bewende hand op die kassie neersit. "Ek probeer. Ai, Nicky, ek is so bly ek kan vir een oomblik eerlik wees en sê my hart is so seer. Dis nie hoe ek my troudag voorgestel het nie. Maar ek gaan sterk wees, ek belowe. Herman verdien dit om vandag 'n glimlaggende bruid te hê. Jy het 'n goeie boetie, Nicolene, en ek gaan vir hom net goed wees, ek belowe."

"Jong, jy belowe nou te veel." Nicolene lag saggies. "Ek weet. Jy en Herman is so lankal al maats dat dit net goed kan gaan met julle. Maar," sy vroetel in haar baadjiesak, "ek het vir jou ietsie gebring om te help. Hierdie is 'n onskadelike kalmeerpilletjie, net sodat jy rustig kan raak. Ek gaan hom vir jou 'n halfuur voor die tyd gee, okay?"

Magriet leun haar kop teen Nicolene se skouer. "Ek is bly ek kry jou as 'n ousus. Ek wou altyd 'n sussie gehad het en nou kry ek een. Nou moet ons net vir jou ook 'n man kry, sommer een hier in die distrik dat jy nader aan ons kan kom bly. Dis niks lekker met jou daar vêr in die Kaap nie."

Nicolene lag, slaan haar arm om Magriet se skouers en druk haar kop stywer teen haar skouer vas. "O nee, ou sussie. Ek is met my apteek getroud. Hy kla nie as ek bedonnerd is nie, vra nie tydig en ontydig vir kos en koffie nie en het niks te sê oor my deurmekaar woonstel nie."

"Ja, ja. Net totdat jy die regte een ontmoet. So fris boer met kakieklere en 'n velthoed wat die grond aanbid waarop jy loop."

Nicolene lag maar net. "Dit gaan nie gebeur nie! Maar wag, jy moet in die bad kom sodat ek jou onder hande kan neem. Jy gaan vandag die mooiste bruid wees wat ons ou dorpie nog ooit gesien het."

"Net jammer niemand gaan my sien nie." Magriet kruip onder Nicolene se arm uit. "Reg. Bad toe. My ma het vir my heerlike lekkerruikborrels gekoop gister." Sy sien nie die geheimsinnige vonkel in Nicolene se oë nie.

Magriet kyk vir oulaas na haar beeld in die spieël. Haar hare golf in blink-bruin lokke oor haar rug, haar oë is blouer as ooit. Die blou rok was 'n goeie keuse, dink sy. Sy lyk regtig mooi. Nicolene het haar grimering en hare gedoen, haar gehelp om die mooi rok oor haar kop te glip en toe teruggestaan.

"Jy lyk ongelooflik, Magriet. Ek is bly dis nie 'n tradisionele trourok nie. Die rok pas by jou persoonlikheid. Kom, jou pa wag."

Dit was nog 'n kompromie wat Magriet aangegaan het – sy sou toelaat dat haar pa haar kerk toe neem. Hy het so mooi gevra om dit te doen. Magriet voel hoe haar keel dik word. Arme Pa. Sy het dikwels gedurende die week sy oë op haar gevoel, so asof hy iets vir haar wou sê. Sy het hom nie kans gegee nie. Sy was te kwaad. Wanneer hy by 'n vertrek ingestap het waar sy alleen was, het sy summier opgestaan en uitgestap. Sy wou nie die seerkry in sy oë sien wanneer sy dit gedoen het nie.

Gisteraand kon sy egter nie betyds wegkom uit die sitkamer nie. Hy het langs haar op die bank gaan sit en haar onder sy blad ingetrek soos wat hy laas gedoen het toe sy 'n klein dogtertjie was.

"Magriet," sy stem was onseker. "Doen jy die regte ding? Is julle nie oorhaastig nie? Ek en jou ma … ons het gepraat… Jy was so erg oor Willem…"

"Pa noem nooit weer Willem se naam nie, hoor pa my! Nooit weer nie." Sy het, vererg, onder sy arm uitgespring. "Ek en Herman trou môre, verstaan Pa dit? Willem se naam mag nooit weer genoem word nie." Haar laaste woorde het in 'n snik oor haar lippe gekom.

"Sussie." Haar pa se troetelnaam, die naam wat hy haar jare laas genoem het, het 'n stortvloed trane tot gevolg gehad en sy het met haar kop op sy bors gaan lê. "Sal jy my toelaat om jou môre kerk toe te vat, asseblief my doggie?" Vir 'n oomblik was hy weer die pa van haar kleintyd en sy het haar kop geknik. "Dis reg, Pa."

Haar pa staan op uit sy leunstoel toe sy die sitkamer binnestap. Vir 'n oomblik staan hy stil na haar en kyk, sy oë blink onnatuurlik.

"Jy lyk pragtig, Magriet. Kom ons ry. Herman wag seker al." Daar is 'n vreemde hees klank in sy stem. In stilte lê hulle die 15 kilometer dorp toe af.

Magriet kyk verbaas na haar pa toe hy die motor voor die kerk tot stilstand bring. "Is dit nie makliker om sommer by die konsistorie te stop nie, Pa?" vra sy.

"Nee. Ons gaan deur die kerk stap konsistorie toe," verduidelik hy met 'n skalkse glimlag, "sodat jy die gewyde stilte van die kerkgebou kan ervaar, net vir ingeval daar skoenlappers in jou maag is." Hy trek haar hand deur sy arm toe hulle die trappies opstap en die kerkdeur oopstoot. Die jubelende klank van die troumars begroet hulle. Magriet gaan geskok staan.

"En dit?"

Nicolene verskyn langs haar en gooi 'n wasige sluier oor haar hare. "Sorry, Vriendin, maar jy trou properlies in die kerk, met die troumars en al. Jy kan later baklei. Loop nou mooi netjies saam met jou pa die paadjie af. Jou bruidegom wag."

Die voorste vier rye banke van die kerk sit vol. Magriet herken van haar ou skoolmaats, bure en ander bekendes. Sy voel hoe 'n glimlag om haar mond verskyn. Die blerrie helsems, dink sy. Sy het gewonder hoekom haar ma so dikwels uit die sitkamer verdwyn het om op die telefoon te praat. Natuurlik skelm alles gereël.

Haar pa neem haar tot voor in die kerk waar Herman op haar wag, half onbekend in die pak klere wat hy aanhet. Hy glimlag bemoedigend vir haar voor hy haar pa se hand skud en haar hand neem.

"Het jy hiervan geweet?" fluister sy.

"Ja. Ek is gedreig met die dood as ek iets laat val. 'Skies, hoor." Voor hy iets verder kan sê kom 'n stemmetjie oor die stilte.

"Pappa. Giet!" Klein Janneman kom op waggelbeentjies aangehardloop, sy ouma agterna. Magriet raap hom op.

"Los hom, Tannie. Hy trou mos ook."

Sy draai na Herman. "Kom ons doen dit," fluister sy.

Hoofstuk 9

"Jammer dames, kan ek my vrou vir 'n oomblik steel?"
Herman plaas sy hande op Magriet se skouers waar sy by
haar vriendinne by 'n tafel sit. Na die huweliksbevestiging
is al die gaste na die grootste restaurant in die dorp vir 'n
vroeë middagete.

"Dankie dat jy my kom red het," sê Magriet toe hulle
buite hoorafstand is. "My wange is al seer geglimlag en
Nicky se pilletjie is besig om uit te werk."

"Ek het gesien jy raak onrustig. Daai vingertjies wat so
velletjies krap, het dit weggee." Magriet is weereens
verstom oor hoe goed Herman haar ken. "In elk geval dink
ek dis tyd dat ons die bedankings doen en verdwyn, of
wat? Aangesien ons net 'n dag en 'n half het vir 'wittebrood'
hou," lag hy terwyl hy sy wenkbroue suggestief wikkel.

Magriet kan maar net haar kop skud. "Jy kan bly wees
ons is tussen mense, meneer Lategan. Lyk my jy het
vergeet hoe seer ek kan knyp, nè."

"Ouch!" Herman vryf gemaak oor sy arm. "Hoe kan ek
dit vergeet? Jy was enige jong seun se nagmerrie met daai

draaiknype. Om te dink dat daai knyper van my jeug sowaar nou my lewenslange lot is," spot hy.

"Lewenslange lot nogal? Trek die lot deel van daai sin terug of ..." spot sy saam.

Herman lag en trek haar aan die hand na die voorkant van die restaurant. "Vriende en familie," begin hy. "Ons wil darem net baie dankie sê vir vandag. Die dag het so effens anders uitgedraai as wat ons beplan het. Ons wou net stil-stil trou en later almal nooi vir 'n braai, maar die ouers het ander planne gehad. Baie dankie pa's en ma's. Julle het dit vir ons 'n dag gemaak wat ons vir altyd sal onthou. Dankie oom Koot vir die gebruik van jou restaurant en die lekker kos en dankie almal wat op kort kennisgewing tog opgedaag het. Ek gaan maar niks sê oor die geheimhouding nie want ek het nie gedink dat so iets in ons ou dorpie moontlik is nie. Julle kan dankbaar wees daar is nie meer 'n handsentrale nie want dan sou die geheim definitief nie 'n geheim gewees het nie."

Almal lag terwyl tannie Marthie, wat vir jare in die sentrale gewerk het, gemaak ernstig vir hom vinger wys en toe maar saamlag.

"Ons twee gaan nou vertrek maar julle is welkom om verder te kuier. Oom Koot, die vliegtuig is sekerlik al oor ... Weereens baie dankie." Hy gryp Magriet aan die hand en hulle stap vinnig onder die jongmanne se 'Hy lyk vir my so baie...' by die deur uit.

Dis aanvanklik stil in die motor terwyl hulle die 10 kilometer plaas toe aflê. Magriet leun met haar kop teen die venster, haar oë toe. Wat 'n antiklimaks van 'n dag, dink sy. Sy het dikwels haar pa se oë op haar betrap terwyl hulle geëet het. Daar was 'n duidelike vraag in sy oë en 'n klein fronsie op sy voorkop. Sy het doelbewus sy oë vermy, die kwaad lê nog te vlak.

"Moeg?" Herman se stem kom asof van vêr af.

Sy maak haar oë oop en draai haar kop na hom toe.

"Nie moeg-moeg nie. Moeg vir glimlag, moeg vir toneelspeel. Moeg om dieselfde leuen oor en oor te vertel as mense vra hoekom ons so skielik getroud is. Herman, het ons die regte ding gedoen?"

Herman steek sy linkerhand uit en druk haar been liggies. "Die tyd sal leer, Griet. Ek het voor God vandag belowe dat ek jou sal liefhê en eer en ek belowe jou nou dat ek daardie belofte gestand sal doen. Alles sal regkom, Griet. Gee dit net tyd."

Hy bring die motor tot stilstand onder 'n groot koelteboom voor die huis. "Wel, mevrou Lategan," sê hy toe hulle by die voordeur kom, "ons is tuis. Sal ek jou soos 'n wafferse bruidegom oor die drumpel dra?" Die lag is terug in sy stem.

'n Glimlag vorm om Magriet se lippe. "Natuurlik. Ek het dan spesiaal baie geëet vandag sodat ek lekker swaar kan wees. Nee man!" roep sy uit toe sy arms om haar lyf gaan. Die deur gaan oop voordat Herman haar heeltemal kan optel.

"Welkom, Nooitjie. Nee man, Hermaans, sit haar neer. Jy gaan mos die kind laat val." Myta maak haar arms oop en trek Magriet teen haar bors vas. "Kom," sê sy oor Magriet se skouer, "ek het die koffiekoppies reggesit. Julle is seker lekker dors."

"Dankie, Myta, maar kan ek net eers die mooi rok gaan uittrek? Ek moet seker my goed begin uitpak ook." Haar ouers het die vorige dag haar tasse reeds hier kom aflaai.

"Klaar gedoen, Nooitjie. Hermaans het gesê ek moet sommer in die spaarkamer se kas pak want hy het nog nie plek gemaak in sy kas nie. Toe sê ek, ek sal dit sommer doen, maar hy sê toe julle sal dit saam doen, ek moet los. So jy kan maar net gaan uittrek, ek gooi solank die koffie."

Magriet staan vir 'n lang ruk voor die oop kasdeur, die hempie wat sy daardie laaste aand saam met Willem aangehad het, teen haar bors vasgedruk. "Bye, Wimp," fluister sy voor sy die hempie diep agter die res van haar klere indruk.

Die lewe saam met Herman neem vinnig 'n roetine aan. Soggens vroeg kom haal Herman vir Janneman uit sy kot wat by Magriet in die spaarkamer staan. Die mannetjie het die eerste aand terug van sy ouma af, so hartroerend gehuil dat Magriet die kot onmiddellik by haar in die kamer gestoot het. 'Pa-en-seun-tyd' noem Herman die uurtjie soggens. Dit gee Magriet genoeg tyd om rustig op te staan en ontbyt voor te berei. Daarna gaan Herman lande toe.

Daar was een baie ongemaklike oomblik die Maandagoggend na die troue toe Myta die omgekrapte bed in die spaarkamer sien. "Nou hoekom slaap jy nie by die groot bed nie?"

"Myta, ek en Magriet is nie regtig-regtig getroud nie, nog nie. Eendag vorentoe sal sy in my bed kom slaap, maar nie nou al nie. Jy moet ons belowe jy gaan vir niemand sê dat ons nie saam slaap nie, veral nie vir haar ma en pa nie.

Hulle moet dink alles is reg hier." Herman kyk oor sy skouer na waar Magriet by die stoof besig is. "Magriet, jy en Myta kan gesels wanneer ek gery het. Vertel vir haar die hele storie dat sy kan verstaan. Myta," hy vat die swart vrou se hand in syne, "ons kom 'n lang pad saam en ek vertrou jou met my hele lewe. Sal jy dit kan doen vir ons?"

Myta sit haar ander hand op syne.

"Natuurlik, Hermaans. Jy is mos soos my eie kind. Ek het vir jou opgepas toe jy nog so klein soos onse Janneman was. My mond is toe, ek praat nie uit my huis nie."

Die trane loop oor Myta se wange terwyl Magriet vir haar vertel wat aanleiding gegee het tot haar en Herman se skielike troue. "Ai my Nooitjie, daai pa van jou maak nie reg nie. Hy het jou hart gebreek maar ons Hermaans sal hom weer heelmaak, hoor. Hy is 'n goeie man, hy sal mooi agter jou kyk. En as jy wil huil moet jy by Myta kom huil hoor. Myta sal altyd troos." Sy vee die trane af met haar voorskoot. "Kom, ek en jy moet nou hierdie huis joune maak. Ons was baie lief vir Janneke maar sy is dood en die is nou jou huis. Ons gaan skuif en uitpak en weggooi tot die nou Griet se huis is." Daarmee trek sy Magriet teen haar bors vas. "Niks meer gehuilery nie. Ons het werk om te doen."

"Wakker word, Slaapkous." Herman kom by die kamer in met 'n skinkbord waarop twee bekers koffie en 'n bak beskuit is. "Kan jy dit glo – ons is vandag al 'n maand getroud." Hy plaas die skinkbord op die bedkassie en tel dan vir Janneman uit sy bedjie. "Kom, Bulletjie. Kom ons gaan maak jou boude droog dat Griet kan ordentlik wakker word."

Magriet trek haarself regop teen die kussings. Sjoe, is dit sowaar al 'n maand?

'n Rukkie later kom Herman terug. Magriet skuif op om vir hom plek te maak langs haar. Hy gee 'n beker met koffie vir haar aan en balanseer die bak beskuit op sy skoot. Koffie spat uit die beker toe Magriet die beker vinnig vir hom teruggee en met haar hand voor haar mond uit die bed vlieg. Herman hoor hoe sy braak in die badkamer.

"Griet?" vra hy verskrik toe sy weer in die kamer kom. "Hei, wat's fout? Is dit iets wat jy geëet het? Moet ek die dokter bel?"

Magriet neem met bewende bene langs hom op die bed plaas. "Nee ... ek dink... Ai, Herman! Daai laaste aand toe Willem by my was ... ek dink ek is swanger." Trane biggel oor haar wange. "Ek is jammer, Her."

'n Groot glimlag breek oor Herman se gesig. "Jammer? Waaroor? Dis wonderlike nuus, Griet. 'n Boetie of sussie vir Janneman." Hy trek haar styf teen hom vas. "'n Baba is nooit iets om oor jammer te wees nie."

'n Stemmetjie onderbreek hom.

"Op! Mamma! Op!" Klein Janneman staan met sy armpies uitgestrek na Magriet.

Magriet kyk met wydgesperde oë na Herman. "Het hy my nou net Mamma genoem?"

Herman raap die seuntjie van die vloer af op en sit hom op Magriet se skoot neer. "Jou klein rakker! Ek probeer nou al vir weke om jou sovêr te kry om 'Mamma' te sê en daar verras jy ons albei."

Die trane loop nou ongehinderd oor Magriet se wange. Sy druk die seuntjie teen haar vas. "Dankie, Herman. Dis die grootste geskenk wat jy my kon gee."

"Nee ou sussie, jy het sopas vir ons almal die grootste geskenk gegee. Nog 'n kindertjie in hierdie huis is die grootste geskenk." Hy tel die seuntjie wat nou wriemel om uit die arms te kom van haar skoot af en sit hom op die vloer neer. "Gaan na Myta toe dat sy vir jou pappies kan gee, Janneman. Ek en jou mamma moet groot dinge praat."

Toe die klein seuntjie by die kamer uithardloop, draai hy na Magriet toe en vat haar hande in syne. "Ek dink ons moet 'n afspraak maak by die dokter en bevestiging kry." Hy vee die trane onder haar oë met sy duime af voor hy weer haar hande in syne neem. "Ek sal die nuwe baba net so liefhê soos wat ek vir Janneman het, Magriet. Daaroor hoef jy nooit bekommerd te wees nie. Jy behandel Janneman asof hy jou eie is, ek sal dieselfde doen met hierdie baba. Maar wat van Willem? Gaan jy hom sê?"

Magriet laat haar kop vir 'n oomblik sak. "Nee, Herman. Ek weet nie eens waar hy is nie, en wat gaan dit my in die sak bring? Ek en jy is getroud en ek het belowe om altyd aan jou getrou te bly. Dit gaan dinge net kompliseer as hy moet weet. As jy bereid is om die baba te aanvaar..."

'Dit het ek jou klaar belowe, Griet. Dis nou my baba ook en dit is wat ons vir die hele wêreld sal vertel. Niemand hoef te weet nie. Eintlik werk dit perfek uit. Almal sal glo dit is 'n wittebroodsbaba."

Hoofstuk 10

Maart 2023

Magriet kyk na die vrou in die spieël voor haar. Oud, grys, vaal. Sy steek haar hande in haar hare en lig dit weg van haar gesig af. "Haai, daar's jy Magriet'" praat sy met haar spieëlbeeld. "Hierdie hare moet af! Dis tyd dat jy ophou wegkruip."

Die drie jaar na Herman se onverwagte dood het sy merk op haar gelaat. Sy het haarself gruwelik afgeskeep. Haar hare hang grys tot op haar skouers. Wanneer laas het sy dit laat sny, om nie eens te praat van kleur nie.

Herman se hartaanval het haar wêreld op sy kop gekeer. Op die plaas wou sy nie langer bly nie. Janneman het op trou gestaan en sy het met liefde die plaas in sy bekwame hande gelos en stad toe getrek. Malan-uitgewers het haar 'n permanente pos aangebied na sy vir 'n paar jaar deeltyds redigering vir hulle gedoen het. Sy het 'n tweeslaapkamer meenthuis in Pretoria gekoop en sak en pak verhuis. Die ander slaapkamer wag vir wanneer haar dogter eendag terugkeer uit Engeland.

Sy het 'n goeie lewe saam met Herman gehad. Daar was nie nog kinders nie maar die twee, wat amper soos 'n tweeling grootgeword het, is oorlaai met liefde. Herman het nooit onderskeid gemaak tussen sy seun en haar dogter nie, selfs nie eens toe Willemien al hoe meer na haar biologiese pa begin lyk het nie.

Sy glimlag. Dit was Herman wat gesê het dat die dogtertjie se naam Willemien sal wees ter ere aan haar biologiese pa. Sy was 'n regte pappa-se-dogtertjie wat die grond aanbid het waarop Herman geloop het. 'n Maand na sy dood het Willemien summier uit haar onderwyspos bedank en is Engeland toe. "Ek moet wegkom, Mamma," het sy in trane verduidelik. "Ek sal weer terugkom maar moet nou eers iewers vêr weg gaan gesond word."

Magriet hoop daardie eendag is binnekort. Drie jaar is 'n lang tyd en sy verlang haar dood na die kind ten spyte van die gereelde Skype gesprekke Sondagaande.

Sy stoot haarself orent van die stoeltjie voor die spieël af en tel haar selfoon op. Hare sny is nou eerste op haar doenlysie vir die dag. Sy giggel terwyl sy die salon se nommer wat sy by haar buurvrou gekry het, insleutel.

'n Swart mantel fladder oor haar skouers en word styf om die nek vasgemaak. Lang, slank vingers woel deur haar hare en lig dit weg van haar kopvel af.

"Môre vroutjie. Ek is Maurizio, jou stilis. En wat doen ons op die koppie vandag?"

Magriet voel hoe elke haartjie op haar lyf orent vlieg. Sy het 'n kleintjie dood aan die alewige verkleinwoordjies.

"Môre Mauritsie. Voor jy met daai mooi handjies van jou aan 'n skêrtjie raak moet ons net een sakie gou opklaar. Ek weet nie wat óns gaan doen nie, maar jý gaan my hare kleur en sny. Ek is ook g'n niemand se vroutjie nie. Noem my op my naam, Magriet, of as dit te moeilik is sê dan Tannie. Los die gevroutjie vir die purple rinsers."

Maurizio kyk met groot oë na die vrou in die spieël. Dan bars 'n proeslag oor sy lippe. Met 'n hand teatraal voor die mond laat hy hoor, "O gonna. Wat 'n onvroulike laggie! Kom ons begin oor... Goeiemiddag Mevrou. Ek is Maurizio. Waarmee kan ek vandag help?"

"Dis beter! Kyk Boet, ek is vyftig jaar oud maar as jy na my kyk lyk ek seker 'n goeie tien jaar ouer. Ek is grys en vaal ... ken jy die uitdrukking "mutton dressed as lamb"? Ek wil nie so lyk nie. Ek wil net soos 'n goedversorgde vyftigjarige lyk. Die grys moet weg. Ek soek 'n no-nonsense styl wat my beste bate – my ore – beklemtoon. Ek wil nie ure soggens spandeer voor 'n spieël nie. Sal jy my kan help?"

"Natuurlik! Ek word nie verniet die beste stilis in die dorp genoem nie! Is daar 'n spesifieke rede hoekom jy vandag tot die stap oorgaan? Jy moet my maar verskoon. Ek is seker die nuuskierigste mens op aarde en dis altyd vir my interessant om te hoor hoekom iemand besluit om haarself bietjie te vernuwe."

Magriet kyk na die mannetjie wat jonk genoeg is om haar seun te kon wees. Sy is eintlik 'n baie privaat mens, praat nie graag oor haarself nie, maar die klein Mauritz laat haar vreeslik op haar gemak voel en voor sy twee keer daaroor kan dink stroom die woorde uit haar mond.

"Jong, ek het my jeugliefde op Facebook raakgeloop en ons het later vanmiddag 'n afspraak vir koffie. My senuwees is gedaan!"

"Nee, dit sal nie deug nie. Ons ... ek bedoel ék, gaan vir jou so mooi maak dat al daardie senuwees sommer vinnig sal verdwyn. Monica," roep hy oor sy skouer, "bring vir my die voetbad en gooi van daardie nuwe olie in die water. Bring sommer jou vyltjies en knippers en naellak saam want, terwyl ek Magriet se hare onder hande neem gaan jy die naels mooi doen. Nee, nee," reageer hy toe hy sien dat Magriet wil protesteer, "sit jy net stil en geniet dit. Jy gaan soos 'n splinternuwe sikspens lyk as jy hier uitstap.

"Nou gaan ek jou stoel omdraai sodat jy nie kan sien wat ek alles doen nie en wanneer ek klaar is doen ons die groot *reveal*. Ontspan jy nou maar net."

O gonna, dink Magriet en maak haar oë toe. Kom ek om so kom ek om.

Sowat 'n uur later draai Maurizio haar terug na die spieël. Magriet kyk stomgeslaan na haar spieëlbeeld. Haar hare krul goudbruin in haar nek. Haar oë lyk blouer as ooit tevore. Sy lig haar hande op. Haar naels is netjies gerond en salmpienk geverf.

"Genade, Kind. Jy het 'n wonderwerk verrig. Is dit regtig ek?"

Maurizio glimlag. "Dit was geen wonderwerk nie. Jy het lieflike, dik hare en dit is 'n skande dat jy dit so verwaarloos het. Jy gaan daai oom se voete onder hom uitslaan." Hy plaas sy hande op haar skouers. "Ek hoop dit werk vir julle uit en dat julle sommer van voor af weer verlief raak op mekaar. Go get him, girl," fluister hy in haar oor."

Hoofstuk 11

Twee ure later staan Magriet voor die ingang na die winkelsentrum. Haar hart klop benoud in haar keel. Sy trek haar asem diep in, blaas dit stadig uit en stap dan na die koffiewinkel.

Sy sien hom dadelik. Willem. Willem wat die spoor van die afgelope agt-en-twintig jaar in sy gesig dra. Sy welige bos rooierige hare is nie meer so welig nie maar dis onmiskenbaar hy.

'n Glimlag sprei oor sy gesig toe hy haar raaksien. Hy staan op en stap haar tegemoet. Byna outomaties stap sy in sy arms in en voel hoe hy haar teen sy lyf vasdruk. Dis asof die jare wegval en sy weer 'n jong meisie is.

"Magriet. Grietjie! Hemel maar die lewe het jou goed behandel. Jy is mooier as ooit." Daar is 'n skorheid in die bekende stem en Magriet sluk aan die skielike emosie wat in haar keel opwel.

"Wimp. Jy gee nog steeds die lekkerste drukkies in die hele wêreld."

Willem neem haar aan die arm en stuur haar na die tafeltjie in die hoek waar hy vir haar gesit en wag het. Hy trek haar stoel uit en gaan sit oorkant haar. Magriet kyk na die bekende gesig voor haar. Haar dogter se gesig. Dis Willemien se oë wat na haar kyk, Willemien se glimlag. Dieselfde effens krullerige, amper rooi hare.

Vir 'n paar oomblikke sit hulle stil na mekaar en kyk. Die kelnerin wat langs die tafeltjie verskyn met die spyskaart roep hulle terug na die werklikheid.

"Cappuccino met baie room?" vra Willem.

Magriet lag. "Onthou jy dit sowaar?"

"Natuurlik. Jy het altyd cappuccino met baie room bestel en dan eet jy die room met die teelepeltjie af. Ek het altyd gewonder hoekom bestel jy nie maar net 'n bakkie room saam met jou koffie nie."

Magriet rol haar oë. "Want dis nie dieselfde nie! Ek sal 'n cappuccino neem met baie room, asseblief en 'n sny sjokolade koek." Sy glimlag vir Willem. "Soos altyd."

"Bring vir my dieselfde, maar sonder die room, asseblief," vra hy vir die kelnerin.

Hulle kyk hoe die meisie wegstap en begin dan gelyk praat.

"Vertel..."

"Jy eerste. Wat het van jou geword, Magriet? Jy het baie skielik uit Morgenstond verdwyn destyds. Soois was verpletter toe hy na die kwartaal by die skool kom en uitvind sy juffrou Griet is weg."

Magriet kyk af na haar hande wat voor haar op die tafel lê. Sy krap-krap senuweeagtig aan haar wysvinger se velletjie. Willem steek sy hand uit en lê dit oor haar hande. "Krap jy sowaar nog velletjies?" vra hy teer.

Magriet glimlag verleë. "Net as ek senuweeagtig raak."
Dan kyk sy op. "Ek is daardie oggend na jy weg is terug
plaas toe. Ek kon nie langer daar bly nie. My hart was
stukkend."

Willem druk haar hande liggies voor hy sy hand
terugtrek en deur sy hare vryf. "Myne ook. Dit was seker
die moeilikste ding wat ek nog ooit in my lewe moes doen
toe ek daardie nag wegry van jou af. My hart wou breek."
Dan grinnik hy. "Jy moes my ma hoor daai oggend toe ek
vir haar vertel dat ons uitgemaak het. Ek wou nie vir haar
die hele storie vertel nie. Jy weet mos hoe sy was – sy sou
sommer in die bakkie klim en vir jou pa gaan vertel het wat
sy van hom dink. Dalk 'n vieslike snotklap gee ook. Toe sê
ek maar net ons het uitgemaak. Sjoe, sy het my geskel
hoor. Natuurlik sommer aangeneem ek het jou sleg
behandel en jou kant al die pad gekies."

"Leef jou ouers nog?" vra Magriet. "Ek wou dikwels met
jou ma kontak maak maar ... dit sou te moeilik wees. Ek
was baie lief vir haar."

"En sy vir jou. Jy was die dogter wat sy nooit gehad het
nie." Hy druk haar hand sag. "My pa is tien jaar gelede
oorlede. Hy het kanker gehad en my ma het hom versorg
tot met sy dood. Sy bly nou in 'n aftree-oord hier in die
stad." Hy kyk met erns na Magriet. "Sy sal jou bitter graag
weer wil sien."

"Dit sal lekker wees om haar te sien. Maar vertel my
nou eers wat het alles gebeur met jou. Is jy getroud?
Kinders?"

"Hei, wat het geword van dames eerste?" Willem
glimlag vir haar. "Maar okei. Ek sal eerste vertel. Ek het by

die staande mag aangesluit en was in Namibië, of soos dit toe bekend gestaan het, Suid-Wes, gestasioneer. Ek wou so vêr van Morgenstond as moontlik wegkom."

Die kelnerin wat hulle koffie en koek bring onderbreek hom en hy glimlag terwyl hy die meisie bedank. Nadat hy suiker in sy koffie geroer het en 'n stukkie van die koek geëet het, gaan hy voort.

"Ek het, seker so jaar later terwyl ek met verlof by die huis was, na jou gaan soek. Ek wou na julle plaas toe ry en gaan hoor waar jy is. Ek moes jou net weer sien. Toe gaan sit ek in die Wimpy daar op julle dorp en drink koffie om genoeg moed bymekaar te skraap."

Hy laat sak sy kop en roer sy koppie koffie om en om. Dan kyk hy op. "Jy het op die sypaadjie verbygestap met 'n baba in 'n stootwaentjie. Ek het my koffie klaar gedrink, in my kar geklim en teruggegaan huis toe. Jy was getroud en het 'n baba gehad. Belowe jy gaan nie lag nie," sê hy met 'n glimlag. Magriet sien egter die erns in sy oë. "Ek het gehuil soos 'n klein seuntjie. Dit was vir my erg om te dink dat jy my so gou kon vervang."

Magriet sluk aan die knop in haar keel, steek haar hand uit en lê dit oor Willem se hand. "Ai, Wimp!"

Willem druk haar hand. "Maar om jou vraag te beantwoord – ek was getroud en het 'n dogter. Ek het ten minste een keer 'n jaar by my ma-hulle kom kuier. Op een van die kuiers het ek vir Leilanie ontmoet en ons is later getroud. Ons het een dogter, Leatitia... Wag, ek het 'n foto." Hy vroetel sy selfoon uit sy broeksak en plaas die foon voor Magriet. "Die klein merrie is na skool Nederland toe om te gaan au-pair en het sommer daar gebly – natuurlik daar 'n man ontmoet."

Magriet voel hoe haar hart ruk toe sy na die foto kyk.

"Sy's pragtig! Duidelik haar pa se kind. Is jy nog steeds in die weermag?"

"Nee jong. Na '95 was dinge nie meer dieselfde nie. Ek het my ontslag uit die army gekoop en teruggekom States toe. Sommer my ontslag uit my huwelik ook." Hy gee 'n skewe glimlag. "Ek het 'n vragmotor gekoop en begin transport werk doen vir 'n paar boere. Leilanie het nie baie van dit gehou nie. Dit was vir haar lekker om haarself voor te stel as mevrou Kaptein Faure en toe is sy ewe skielik mevrou Lorriedrywer Faure. Ons is drie jaar gelede geskei. Selfs die feit dat ek nou 'n vloot vragmotors besit, was nie goed genoeg vir haar nie. Maar nee heiden, hier sit ek net oor myself en praat. Wat van jou, Griet? Het jy toe die ideale man gekry? Een wat aan jou pa se standaarde voldoen het?"

Magriet drink die laaste slukkie koffie en sit dan die koppie versigtig terug in die piering. Haar hart klop-klop teen haar ribbes. Hoe gaan hy reageer as hy moet hoor wat sy vir hom sal móét vertel? Haar Facebook profiel is privaat en hy kon nie die foto's sien wat sy so gereeld van haar kinders plaas nie. Indien hy dit wel kon sien, dink sy, sou hulle nie nou hier gesit het nie. Hy gaan haar haat. Om die onvermydelike nog 'n rukkie langer uit te stel vra sy: "Soois? Hoe gaan dit met hom?"

"Hy is nou Francois! Jy gaan dit nie glo nie maar hy het matriek geslaag."

Magriet se oë rek. "Jy's nie ernstig nie."

"Ek is doodernstig. Hy het een dag van die skool af gekom en aangekondig dat hy sy juffrou Griet sal wys wat in hom steek. Eenvoudig besluit hy gaan matriek slaag. Dit het maar moeilik gegaan en sy matriek was op Standaardgraad, maar hy het dit gedoen."

'n Groot glimlag breek oor Magriet se gesig. "Dit wys jou net weer. Waar daar 'n wil is, is daar 'n weg. Ek het mos destyds gesê hy is nie dom nie. Ai, ek is so beïndruk!"

Willem stoot die bordjie wat nou leeg geëet is weg voor hy verder vertel. "Hy besit nou sy eie besigheid, herstel motors en vragmotors en sommer enige ding wat mense daar aanbring. En ... hy is getroud met die oulikste vroutjie en pa van 'n rooikop tweeling."

"Sjoe, die tyd het gevlieg. Ek sien nog daai rooikop-seuntjie wat voor my gesit het. Ek kan hom nie as volwasse man voorstel nie." Magriet skud haar kop.

"Vir seker! Maar nou sê ek niks verder voordat jy my nie vertel het op watse paaie die tyd met jou gevlieg het nie. Hou jy nog skool? Jou ouers? Het jy kinders? Kom, kom. Ek wag." Willem sit agteroor in sy stoel en kyk na haar met 'n glimlag.

Magriet vryf die krummeltjies in haar bordjie bymekaar met 'n vinger. "My pa het die plaas seker so vyftien jaar gelede verkoop en 'n huis in die dorp gekoop. Hy word ook al 80 die jaar. Hy het baie verander. Ek dink die kleinkinders het baie daarmee te doen. Hy het rustig geword, is nie meer so bombasties soos in my jong dae nie."

Sy kyk op en sluk aan die knop in haar keel. Sy voel hoe haar hart in haar kuiltjie klop.

"Ek weet nie of jy vir Herman kan onthou nie. Hy was ons buurman."

Willem knik. "Ek kan nie onthou hoe hy gelyk het nie maar ek onthou dat ons lekker gesels het daai aand op die plaas."

"Sy vrou, Janneke, was my beste vriendin. Sy was my senior toe ek in standerd ses was en ons het groot vriendinne geword. Dit was fantasties toe sy met Herman getroud is want toe het sy net 'n klipgooi van ons af kom woon en ek kon haar amper elke dag sien." Haar oë skiet vol trane. "Sy is oorlede kort na Janneman, hulle seuntjie, se geboorte. Herman het gesukkel so alleen met die baba, toe vra hy my om met hom te trou. So, om jou vraag van netnou te beantwoord – ek was getroud met 'n man wat my pa se goedkeuring weggedra het. Herman is drie jaar gelede onverwags oorlede."

Willem steek sy hand uit en druk haar hand saggies.

"Ek het nooit weer gaan skoolhou nie. Die lewe op die plaas was nogal besig en dit was onprakties om elke dag die ent pad dorp toe te ry. Ek het vir Janneman grootgemaak en hy was nogal 'n woelige seuntjie. Een dag het een van die boere in die omgewing vir my gevra om 'n boek wat hy geskryf het deur te gaan vir foute. Dit was iets oor boerdery, as ek reg onthou. Dit was vir my heerlik. Toe kontak ek die uitgewer wat hy sou gebruik en vra of hulle nie 'n proefleser nodig het nie. Die res is, soos hulle sê, geskiedenis. Ek werk nou voltyds as proefleser en redigeerder."

"Was Janneman die baba wat ek daardie dag saam met jou gesien het"?

"Nee. Dit was my dogtertjie." Magriet trek haar asem hortend in en sluk weer 'n keer. Dan buk sy oor en tel haar handsak van die vloer af op. Sy steek haar hand in die handsak en bring 'n koevert te voorskyn. "Ek het foto's gebring as jy wil sien."

"Natuurlik wil ek sien!"

Magriet haal die foto's een vir een uit die koevert. "Die is Janneman en hier is hy op sy troudag. Hy en Franci verwag hulle eersteling. Ek gaan oor drie maande ouma wees." Sy gee 'n halwe laggie. "Ek sien nogal uit daarna maar, o wêreld! Ouma! Ek voel stokoud."

"Wel, jy lyk nie soos die tradisionele ouma nie, hoor." Willem trek sy oë wyd. "Ek sien nie 'n grys haar of 'n plooi nie."

Magriet keer die giggel wat wil ontsnap net betyds. Sy gaan nie vir hom vertel dat dit net Maurizio se wonderwerk is wat maak dat sy nou goed lyk nie.

"En jou dogter? Het jy foto's van haar ook in daai koevert?"

Magriet vryf met haar hande oor haar gesig. Dan steek sy haar hand in die koevert, haal 'n foto uit en lê dit voor Willem.

Hy kyk verbaas op. "Maar dis Leatitia!"

"Nee, Willem. Dis my dogter. Dis Willemien." Trane begin uit haar oë loop. Sy sien die verwarring in Willem se oë, dan die begrip.

"Ek is jammer, Wimp, so, so jammer. Ja, dis jou dogter.

"Daai laaste aand? Daai enigste keer dat ons ooit..." Hy kyk op na haar, rou seer in sy oë. "Hoekom het jy my nie gesê nie?"

"Wat sou dit help, Willem? Ek en Herman was reeds getroud toe ek uitvind. Ons het geweet dit kon nie sy kind wees nie. Ons het nie 'n kamer gedeel nie. Die verskriklike seer in my hart het net begin gesond word. Ek het nie geweet waar jy was nie..."

"Jy het geweet waar my ma was!" Willem se stem is skor. "Jy kon my opspoor as jy wou."

"Ek weet. Alles wat ek nou gaan sê gaan soos verskonings klink en jy het die volste reg om my te haat, maar ... ek het 'n belofte aan Herman gemaak. Ek het belowe om by hom te staan, om vir hom lief te wees, sy kind as my eie groot te maak. En my pa! Ek was bang vir wat hy gaan sê. Ek weet, ek weet," sê sy toe sy Willem se mond sien oopgaan. "Ek was so jonk, so dom. Ek het ook geweet, as ek jou laat weet dat ek swanger is, en jou weer moet sien ... ek sou dit nie kon oorleef as ek jou net op 'n afstand sou kon liefhê nie.

"Herman was goed vir ons. Hy was oneindig lief vir Willemien en sy vir hom."

"Weet sy van my?" Daar is 'n smeking in Willem se stem.

"Ja, sy weet. Herman het haar van kleintyd af vertel van haar ander pappa. Toe sy groter was het hy gesê dat hy haar sal help as sy na jou wou soek. Sy wou egter nie. Herman was haar pa. Dit was hy wat gesê het haar naam moet Willemien wees, dat sy haar pa se naam moet dra." Magriet glimlag wrang. "Maar toe Herman weg is het sy uit haar pos bedank en is Engeland toe. Sy is al amper drie jaar daar.

"Sy het so ruk gelede – ons gesels gereeld oor Skype – vir my gesê dat sy nou gereed is om terug te kom, dat sy haar ander pa graag sal wil ontmoet."

Willem sit doodstil na die foto en staar. Hy vryf ingedagte met sy wysvinger oor die gesig van die meisie op die foto voor hom. Dan kyk hy op. Sy oë blink.

"Ek haat jou nie, Mygriet," glip die troetelnaam oor sy lippe. "Ek wil vir jou kwaad wees maar ek kan nie. Ek is net so vreeslik hartseer. Soveel verspilde jare. Soveel hartseer wat kon vermy gewees het. Miskien is ek tog kwaad, maar nie vir jou nie. Ek is kwaad vir jou pa. Drie mense se lewens ... nee, meer ... ek en jy en ons dogter, Herman, my ouers ... soveel mense se lewens is deur sy besluit geraak.

"Was jy lief vir Herman, Griet?"

"Ja, ek was. Ons was beste vriende en ons was gelukkig. Later het ons wel 'n normale huwelik gehad en dit was goed en mooi." Sy vee die trane op haar wange af. "Maar hy kon jou nooit in my hart vervang nie, Willem. Net soos ek nie vir Janneke in sy hart kon vervang nie."

Sy sit haar hand oor haar mond om die snik in haar binneste te keer. "Ek het die afgelope paar dae sedert ek jou boodskap gekry het, gewonder wat sou gebeur het as jy my nie opgespoor het nie. Sou Willemien jou kon vind? Wat sou jou reaksie wees? Ek was so bang om vandag hierheen te kom, om jou te moet vertel ek het jou vir byna 28 jaar lank van jou dogter weerhou. Tog kon ek nie wegbly nie."

'n Stukkie van Willem se gewone humor glip deur toe hy sê: "Weet jy hoeveel Magriete moes ek deurwerk op Facebook voor ek jou gekry het? Natuurlik eers jou nooiensvan ingetik maar vinnig besef jy het seker nou 'n ander van. Toe kyk ek profielfoto's by die dosyne. Daar was mooi Magriete en lelike Magriete en 'n paar dik Magriete ook. En toe skielik – daar verskyn jy op my rekenaarskerm. My Magriet. My hart het ook maar lekker bang geklop toe ek daardie boodskap stuur. Jy kon net sowel dit geïgnoreer het. Toe daai antwoord van jou deurkom... Sjoe, ek was vir 'n oomblik weer 23 jaar oud en ek gaan jou nie vertel van die *happy dance* wat ek uitgevoer het nie. Ek gaan ook nie vir jou sê hoe senuweeagtig ek was toe ek by hierdie koffiewinkel instap nie. Ek het spesiaal vroeg gekom sodat ek voor jou hier kon wees, en toe sit ek en *nip* dat jy nie gaan opdaag nie. My maag was skoon onderstebo. En toe staan jy daar. My Griet."

Hy steek sy hande oor die tafel uit en neem albei haar hande in syne.

"Ons het soveel jare verloor, Mygriet. Hoe dink jy, kan ons probeer om die laaste aantal jare van ons lewens te probeer inhaal?"

Magriet trek haar hande onder syne uit. Sy sien hoe sy gesig val en glimlag terwyl sy 'n opgevoude papier uit haar handsak haal. Sy stryk die bladsy voor haar oop en draai dit sodat Willem kan lees.

"Onthou jy, Wimp? Dis die briefie wat jy op my spieëltafel gelos het. Meatloaf is nog steeds een van my gunsteling sangers. Ek kan nou hier opstaan en uitstap en sê ek sien nie kans nie. Maar ek wil die woorde wat jy daardie nag hier neergeskryf het, met so klein aanpassinkie, gebruik om jou te antwoord: *"I would do anything ... but I won't do that."*

Sy plaas haar hande in Willem s'n en druk hulle sag.

Willem se oë blink onnatuurlik toe hy die woorde lees wat hy 28 jaar terug geskryf het: 'Miskien eendag kom ons paadjies weer bymekaar uit.'

"Sien jy kans om nou na my ma toe te ry?" vra hy. "Of is dit te gou?"

"Nee. Ek sal haar graag wil sien," glimlag Magriet.

"My maggies, Koba Faure! Hoekom hang jy die wasgoed op die draad? Ek het dan vir jou 'n tuimeldroër gekoop!"

Koba loer tussen die wasgoed op die draad deur. "My maggies, Willem Faure, wat maak jy hier? Dis mos nie Sondag nie, en klop jy nie meer nie? Ek hou van die reuk van wasgoed wat in die son droog geword het. Ek gebruik daardie tuimeldroër net as dit reën."

"Hallo Mams. Ek het geklop maar Ma kon dit mos nie hoor hier buite nie." Willem gee sy ma 'n stywe druk. "Kom kyk gou, ek het vir Mams 'n groot geskenk gebring."

"Ag nee, my kind. Waarop het jy nou weer geld uitgegee? As dit sjokolade is sal ek nie kwaad wees nie maar as jy weer een of ander fênsie masjien ding hier aangebring het kry jy 'n skop onder jou alie."

Willem sit sy arm om Koba se lyf en stap na die agterdeur van die woonstelletjie. "Hierdie geskenk is veel beter as sjokolade. Dis iets wat Mams al jare lank wil hê."

Koba se oë rek. "Nou is ek nuuskierig."

"Maak nou Mams se oë toe en moenie oopmaak voor ek so sê nie, hoor." Hy lei haar aan die hand tot in die sitkamer waar Magriet voor die venster staan. "Okay, maak oop Mams se oë."

Koba maak haar oë oop. Vir 'n oomblik staan sy doodstil voor sy haar hand voor haar mond slaan. "Magriet? Magriet, is dit jy? Liewe hemeltjie, Magriet!" Trane begin onwillekeurig uit haar oë stroom.

Magriet gee die paar tree wat nodig is tot by Koba. "Hallo, tannie Koba." Dan is sy in die ouer vrou se arms en voel sy hoe die ou lyf ruk van die snikke. Oor Koba se skouer sien sy hoe Willem oor sy wange vee.

Na 'n lang ruk stoot Koba haarself weg en vou haar hande om Magriet se gesig. "Ek glo dit nie. Na soveel jare. Ek het so na jou verlang, my kind, en hier staan jy nou, so mooi soos altyd. Waar het jy haar gekry, Wimp?" vra sy oor haar skouer.

"Die waar en die hoe maak nie saak nie, Mams. Kom sit. Ek en Magriet het iets om vir Mams te vertel.

Koba gaan sit styf teen Magriet op die bank, haar hand vasgeklem in Magriet s'n. "Dit is voorwaar die beste geskenk ooit."

Willem gaan sit op die tafeltjie voor die vrouens. "Mams, dit wat Magriet vir jou wil vertel gaan seermaak maar ek wil hê jy moet oopkop luister en probeer verstaan. Sal Mams dit kan doen."

Koba kyk vraend van die een na die ander. "Ek sal probeer. Wat is dit, Magriet?"

Magriet kyk in Willem se omgee-oë en begin dan vertel van haar pa se ultimatum destyds, haar hartseer en skielike troue. Dan haal sy diep asem. "Ek en Wimp het daardie laaste aand toe ons saam was bymekaar geslaap, Tannie. Ek het eers nadat ek en Herman getroud is uitgevind dat ek swanger is. Ek het 'n dogter, Tannie Koba. Willem se dogter."

Koba kyk geskok van Magriet na Willem. "My kleinkind?"

"Ja, Mams. Haar naam is Willemien." Willem neem sy ma se hande in sy eie en kyk diep in haar oë. "Magriet het haar redes hoekom sy ons nie vertel het nie. Ons kan later daaroor praat en dan kan Mams haar skel net soveel Mams wil. Vir nou wil ons net hê Mams moet weet dat ek verstaan en ek het vergewe voor ek nog kon verwyt. Dit was moeilik vir ons almal. Wys vir my ma die foto's, Magriet."

Magriet haal die foto's weer uit haar handsak en gee dit met trane wat oor haar wange loop vir Koba aan.

Dis stil terwyl Koba deur die foto's blaai. "Sy lyk net soos Leatitia," sê sy nadat sy vir 'n tweede keer deur die pakkie foto's gekyk het. "Sy lyk nes jy gelyk het as jong seun, Wimp." Dan draai sy na Magriet. "Ek gaan nie doekies omdraai nie, Magriet. Ek is bitter kwaad en ek dink ek sal jou eers kan vergewe as ek hierdie kleindogter van my vir die eerste keer in my arms kan vashou. Nou wil ek net eers weet – is julle twee van plan om weer vir mekaar lief te word of het julle my net verniet kom bly maak?"

Willem glimlag en steek sy een hand na Magriet toe uit. "Ons kan nie weer lief raak vir mekaar nie, Mams." Hy sien hoe Koba se gesig val. "Ons het nooit opgehou om lief vir mekaar te wees nie."

"Nou bly net een ding oor," sê Willem toe hulle veel later van Koba af wegry. "Nou moet ons nog net vir Willemien vertel."

"Kom eet môremiddag by my," antwoord Magriet. "Dan is jy daar wanneer ons Skype. Ek sal haar dan vertel. Maar, Willem, hoe gaan Leatitia reageer as sy hoor sy het 'n suster? Ons moet nie van haar vergeet nie."

Willem druk haar hand wat op sy been lê. "Leatitia is soos ek. Sy gaan uit haar vel van blydskap wees. Jy hoef nie bekommerd te wees oor hoe sy teenoor jou gaan voel nie. Sy karring al lankal aan my dat ek jou moet opspoor."

Magriet kyk vraend na hom. "Hoe weet sy van my?"

"Leilanie het dit genoeg kere teen my kop gegooi dat ek nooit van jou kon vergeet nie. Elke keer as daar iets verkeerd was moes ek hoor dat dit is omdat ek nooit van "daai Magriet vroumens" kon afsien nie. Dit was vir Leilanie makliker om jou te blameer vir alles wat fout was in ons huwelik as om die fout by haarself te gaan soek.

"Sy het ook moeite gedoen om arme Leatitia teen my te probeer opmaak. Haar voortdurend vertel dat ek liewer was vir "daai Magriet vroumens" as vir haar. Leatitia het my eendag, toe sy groot genoeg was om te verstaan, uitgevra oor jou en ek het haar die waarheid vertel. Sy weet dus van jou en het my, na die egskeiding, aangemoedig om jou te probeer opspoor."

"Sit daar, op daardie stoel," sê Magriet die volgende middag, "sodat jy nie in die beeld is nie." Sy skakel haar rekenaar aan en maak die Skype toepassing oop. Na 'n paar minute verskyn Willemien se gesig op die skerm.

"Hallo, Moeder van my. O dis lekker om Mamma se gesig te sien en kyk hoe mooi lyk Mamma. Dit was hoog tyd dat Mamma iets aan jouself doen. Ek verlang my dood. Wat wil Mamma eerste hoor – die goeie of die slegte nuus?"

Magriet lag. "Stadig, Sus! Kan ek darem eers hallo sê voor jy verder stoomroller?"

"Askiesie, Mamma. Ek is net so opgewonde ek kan nie wag om vir Mamma die nuus te vertel nie."

"Nou vertel dan eerste jou nuus want ek het ook nuus maar dit kan bietjie wag." Magriet glimlag skalks.

"'Kei. Eintlik het ek twee nusies, en een klein bietjie slegte nuus. Eers die grootste nuus. Ek kom huis toe!"

"Willemien! Dis wonderlik! Wanneer?" Magriet voel hoe haar oë vol trane skiet.

"Dis die bietjie slegte nuus. Eers oor drie weke. My baas vereis dat ek die maand klaar werk. Maar die tyd vlieg gelukkig vinnig so voor Mamma kan mes sê is ek by die huis. Ek sal later laat weet presies wanneer ek vlieg."

"Ek is so bly, my kind. Ek kan nie wag om jou in lewende lywe te sien nie. Maar wat is die tweede nusie, soos jy dit noem?"

"Ek hoop Mamma sit! Ek het my pa, my regte pa, opgespoor."

Magriet maak groot oë. "Nou toe nou," sê sy en probeer om Willem se gedempte proeslag agter haar te ignoreer. "Hoe het jy dit reggekry?"

"Ek het op Facebook gaan soek. Ek kan nie dink dat Mamma dit nog nie self gedoen het nie. Dit was so maklik. En weet Mamma wat? Ek lyk net soos hy so dit is definitief die regte Willem wat ek daar gekry het. Nou wil ek net eers Mamma se toestemming kry om vir hom 'n boodskap te stuur. Wat dink Mamma? Gaan dit vir hom 'n vreeslike skok wees? Veral aangesien ek net soos hy lyk?"

Magriet pruil haar mond en bly vir 'n rukkie stil asof sy diep dink. "Jong, Willemien, dis nou moeilik..." Sy bly weer vir 'n oomblik dramaties stil en glimlag dan haar wydste glimlag. Dan steek sy haar hand uit na Willem en trek hom nader. "Ek is jou een voor!" lag sy. "Sê hallo vir jou pa."

Saam sien sy en Willem hoe Willemien se mond oopgaan van verbasing. "Pa?" kom die woord oor haar lippe en dan die glimlag. "Julle boggers!"

Later sit Magriet styf onder Willem se blad op die bank, sy kop rus op haar kroontjie. "Onthou jy daai briefie wat ek destyds geskryf het, My Griet?" vra hy saggies. "Ek dink daai eendag begin vandag."

Geagte Leser,

Ons hoop dat u ons boek geniet het en dit boeiend gevind het. U terugvoer is baie belangrik vir ons en vir toekomstige lesers.

Ons sal dit baie waardeer as u 'n paar oomblikke kan neem om 'n resensie op Amazon te skryf. U mening help ander om ingeligte besluite te neem en dit help ons om beter te verstaan wat ons lesers waardeer.

Baie dankie vir u ondersteuning!

Vriendelike groete,
Malherbe Span